Iny Lorentz

# Die Wanderschriftsteller

# Inhalt

# 1.
# Wie alles begann

Den Beginn muss jeder bewältigen, wenn er etwas Neues starten will, sei es nun eine Reise oder ein Buch. Fangen wir also mit uns an. Wir heißen Iny Klocke und Elmar Wohlrath und sind seit vielen Jahren ein Paar – als Eheleute und als Schriftsteller. Bekannt geworden sind wir unter unserem gemeinsamen Pseudonym Iny Lorentz, und unser Erfolg begann mit einer jungen Frau namens Marie, die es als „Die Wanderhure" auf die Bestsellerlisten, auf Fernsehbildschirme und auf Theaterbühnen geschafft hat. Ohne diesen Roman und die darauf folgenden wären wir nicht das, was wir heute sind. Doch damit haben wir bereits weit vorausgegriffen.

Iny wurde in Köln geboren und wuchs im Vorort Ostheim auf, auf der sogenannten Schäl Sick, der rechten Rheinseite. Damals grenzte der Ortsteil noch an weite Felder und Wiesen, auf denen Iny schon als Kind Hunde spazieren führte. Hunde waren ein bestimmendes Element in Inys Leben, denn ihre Familie züchtete Deutsche Boxer. Schon früh lernte sie, mit den kräftigen Tieren umzugehen und diesen zu zeigen, wer der Chef ist. Folgerichtig jobbte sie als Tierpflegerin und absolvierte eine Lehre als Arzthelferin. Später holte sie auf dem Abendgymnasium das Abitur nach, kam zur EDV und wurde Organisationsprogrammiererin in einem großen Münchner Versicherungskonzern.

Elmar stammt aus dem kleinen Ort Birkenfeld im damaligen Landkreis Hofheim in Unterfranken, wo seine Eltern einen Bauernhof gepachtet hatten. Später zog die Familie ins südliche Bayern auf einen eigenen Hof. Tiere sind also auch aus Elmars Leben nicht wegzudenken. Eine landwirtschaftliche Lehre brach er ab und ließ sich zum Mess- und Regelmechaniker umschulen, wobei er viele Jahre lang als Nebenerwerbslandwirt tätig blieb. Auch wenn zu jener Zeit nichts darauf hinwies, dass sich unsere Wege einmal kreuzen würden, verband uns schon damals die Liebe zu den Büchern – und das nicht gerade zur Begeisterung unserer Familien. So hatten wir mit ähnlichen Vorbehalten zu kämpfen, als wir tatsächlich beide mit etwa zwölf Jahren den Wunsch zum Schreiben verspürten. Erste Skizzen und Geschichten wanderten aufs Papier. Die Abenteuer unserer Fantasie schützten uns vor den Kränkungen im realen Leben, die lange nicht nachließen. So wurde Elmar, selbst als er bereits erste Erfolge aufweisen konnte, von einem Familienmitglied geraten, doch besser Regale im Supermarkt einzuräumen, als sich im Schreiben zu versuchen.

Während Iny als Jugendliche den Bücherbus der Stadt Köln plünderte, wurde Elmar von seiner Religionslehrerin mit unterschiedlichster Literatur versorgt. Das war ein Segen, denn das eigene Taschengeld reichte nur für ein Romanheft pro Woche. In jener Zeit kämpften Amerika und die Sowjetunion um die Vorherrschaft im Weltall, und wir beide gerieten unabhängig voneinander in den Bann der aufblühenden Science-Fiction-Literatur.

Elmar schloss sich einem kleinen dieser deutschlandweiten gut vernetzten SF-Clubs an und lernte früh nicht nur begeisterte Fans, sondern auch renommierte Autoren wie Walter Ernsting, einen der Gründerväter der Perry-Rhodan-Serie, und Wissenschaftler wie Professor Winfried Petri kennen.

Ehrgeizig, wie er war, nutzte Elmar die Clubmagazine, um seine Geschichten zu veröffentlichen und sich dabei ständig im Schreiben zu verbessern. Vor allem Walter Ernsting, der früh Elmars Talent als Schriftsteller erkannte, hat er wertvolle Tipps zu verdanken.

Das Schicksal wollte es, dass sich Iny, die damals noch in Köln lebte, ausgerechnet Elmars Fantasy-Club anschloss. Wir lernten einander kennen, wenn auch zunächst nur brieflich. Über andert-

*Ein wenig Entspannung bei unserem ersten gemeinsamen Urlaub auf Nordstrand.*

halb Jahre standen wir in einem immer enger werdenden Briefkontakt. Ging es anfangs um den Club, um Bücher und unsere eigenen Kurzgeschichten, so wurde unser Austausch im Lauf der Monate immer persönlicher.

So hatten wir das Gefühl, uns bereits gut zu kennen, als wir uns 1979 zum ersten Mal auf einem Clubtreffen in Innsbruck persönlich begegneten. Allerdings hatte Elmar dort zunächst ein großes Hindernis in Form eines Verwandten zu überwinden, der in der Nähe Urlaub machte und Elmar zu seinem persönlichen Chauffeur ernannt hatte. Als er dessen Fangarmen endlich entkommen war, blieben uns für unser erstes Treffen nur wenige Minuten. Diese kurze Begegnung reichte jedoch aus, um aus erster Sympathie mehr werden zu lassen. Und als Iny kurz darauf nach München umzog, konnten wir uns endlich regelmäßig treffen. Unsere Beziehung wurde immer enger, und 1981 bezogen wir unsere erste gemeinsame Wohnung. Auch nachdem wir ein

Paar geworden waren, nahmen das Schreiben von Geschichten und der intensive Austausch darüber einen großen Teil unserer gemeinsamen Zeit ein. Und doch sollte es noch fast zweiundzwanzig Jahre dauern, bis wir schließlich Iny Lorentz wurden.

Just zu jener Zeit, in der wir uns im ersten gemeinsamen Nest einrichteten, wurde unser Clubmitglied Hermann Urbanek vom Heyne Verlag mit der Herausgabe einer Fantasy-Anthologie mit Kurzgeschichten vor allem von amerikanischen und englischen Autoren beauftragt. Mit starkem Herzklopfen erklärte Iny sich bereit, eine Kurzgeschichte beizusteuern, und fand sich so in der illustren Gesellschaft renommierter SF- und Fantasy-Autoren wieder. Darunter waren Größen wie Theodore Sturgeon, Lyon Sprague de Camp, Howard Philips Lovecraft, Katharine Kurtz und Poul Anderson. Es war ein wichtiger Schritt auf unserer gemeinsamen Schriftstellerreise, wobei wir zu jenem Zeitpunkt noch nicht einmal zu träumen gewagt hätten, wohin sie uns einmal bringen würde.

Apropos Reisen: In jener Zeit führten uns die Clubtreffen in viele schöne Städte in Deutschland und Österreich. Neben Innsbruck waren das Marburg an der Lahn, Wuppertal und Herzberg am Harz, um nur einige zu nennen.

1981 reisten wir erstmals nach Frankfurt zur Messe. Elmar hatte Urlaub und war von einem befreundeten Buchhändler gefragt worden, ob er ihn nicht begleiten wolle – nicht zuletzt, um Sprit- und Übernachtungskosten zu teilen. Da Iny etliche Überstunden abzubauen hatte, entschloss sie sich spontan, ebenfalls mitzukommen. Uns drei einte das Ziel, endlich einen Verlag zu finden, der uns unter seine Fittiche nahm. Wir hofften darauf, vor Ort Science-Fiction- und Fantasy-Lektoren von uns als Autoren überzeugen zu können.

Die Messe war jedoch ernüchternd. Von energisch vorpreschenden Chancenergreifern mutierten wir zu jämmerlichen Feiglingen, die mit hängenden Ohren durch die Hallen schlichen.

Keiner von uns hatte den Mumm, auch nur einen einzigen Lektor anzusprechen.

Zwar versuchten wir uns beim Abendessen im gemeinsamen Quartier gegenseitig Mut zu machen, doch auch am Folgetag schlichen wir schüchtern durch die Menge, bis unser Begleiter beschloss, die ganze Sache abzubrechen, schließlich musste er am nächsten Tag wieder früh arbeiten. Auf der Treppe Richtung Ausgang meinte Iny trocken: „Wir sind ja wohl echte Helden. Nicht einmal ein Gespräch haben wir geführt und ziehen jetzt ab wie geprügelte Hunde mit eingezogenem Schwanz." Das war ein Wort zu viel. Elmar machte auf dem Absatz kehrt und stürmte – mit Iny und unserem Buchhändler im Gefolge – zurück in die Halle, wo er sofort auf den Goldmann Verlag zusteuerte und mit dem Mut der Verzweiflung den für Science-Fiction zuständigen Lektor ansprach. Kaum hatte er gesagt, dass seine Freundin Iny in einer Anthologie bei Heyne veröffentlicht werden würde, meinte dieser nur: „Ach, Sie schreiben SF- und Fantasy-Kurzgeschichten? Dann reiche ich Sie gleich an meinen Anthologisten weiter."

So lernten wir Thomas Le Blanc kennen und schickten diesem wenig später weitere Kurzgeschichten zu. Diese fanden Gefallen, und so begann eine mehrjährige Zusammenarbeit, dank der wir in etlichen von Thomas Le Blanc herausgegebenen Anthologien zu finden waren.

Als wir ein Jahr später erneut die Frankfurter Buchmesse besuchten, erlebten wir dies ganz anders und sagten uns angesichts der Unmengen an Veröffentlichungen: „Wo es so viele Bücher gibt, ist auch gewiss Platz für eines von uns." Mittlerweile sind es ein paar mehr als eines geworden, aber Platz ist immer noch vorhanden. Wie gut, dass wir damals doch noch unser Herz in die Hand genommen haben.

# 2.
# Die ersten Reisen

Wir sind beide in unserer Jugend nur wenig herumgekommen
– und auch in den ersten Berufsjahren änderte sich daran kaum
etwas. Die Treffen der Fantasy-Clubs führten uns zwar in die
unterschiedlichsten Städte innerhalb Deutschlands, aber dort
sahen wir damals fast nur die Lokale, in denen wir uns intensiv
übers Schreiben austauschten.

Vor diesem Hintergrund war das Planen unserer Hochzeitsreise etwas ganz Besonderes. Iny träumte von Paris, daher hätte
sie es wohl besser nicht Elmar überlassen sollen, zum Reisebüro
zu fahren, denn der buchte kurzerhand Istanbul, weil es deutlich
günstiger war als ein Paristrip und unserer damaligen finanziellen Situation angemessen. Im Nachhinein war es die richtige Entscheidung, denn wir haben die Reise sehr genossen und trafen
hier zum ersten Mal auf eine für uns bislang unbekannte Kultur,
die in uns den Wunsch erweckte, mehr von der Welt zu sehen.
Bis wir es schließlich doch nach Paris schafften, sollten übrigens
noch dreiunddreißig Jahre vergehen.

Wir flogen also nach Istanbul, wenn auch nur für ein paar
Tage. Einige Jahre später blieben wir dann aber gleich zwei Wochen dort, und dieser Aufenthalt sollte seine Spuren in einigen
unserer Romane hinterlassen.

Da wir beide ja noch viele Jahre neben dem Schreiben voll
berufstätig waren, mussten wir lernen, unsere Urlaubstage geschickt mit Feiertagen und Überstunden zu vermehren, sodass
wir möglichst lange unterwegs sein konnten. In der ersten Zeit
unserer Ehe waren wir im Schwarzwald, am Bodensee, im Rhein-
land, in der Eifel und in vielen anderen Regionen Deutschlands,
aber eben auch in Istanbul, Tunesien, Marokko, Griechenland,

*Auf dem Kamelrücken in die Wüste Sahara.*

Jugoslawien – das es damals noch gab –, England, Schottland, Wales, Dänemark, Schweden, Finnland, Norwegen und Italien. In Holland und Belgien waren wir im Lauf der Jahre sogar so häufig, dass wir diese Fahrten mittlerweile wie Spaziergänge durch das eigene Umland empfinden.

Eines merkten wir rasch: Wir sind keine Strandlieger. Wenn wir irgendwohin reisen, wollen wir Land und Leute kennenlernen. Museen ziehen uns an wie Magnete, und wo es irgend möglich ist, verschaffen wir uns Informationen über Landschaft, Kultur und Geschichte. Bis heute profitieren wir von diesen frühen Reisen und dem mitgebrachten Material.

Am Anfang unserer Ehe blieben wir der SF-Szene noch treu und fuhren regelmäßig zu den Treffen. Eine Fahrt im Sommer 1982 zu einer großen SF-Convention nach Mönchengladbach ist uns besonders in Erinnerung geblieben. Inys erste Kurzgeschichte war bereits veröffentlicht, und Elmar wusste, dass im folgenden Jahr seine erste Kurzgeschichte in einer Goldmann-Anthologie erscheinen würde.

Auf der Hinfahrt nahmen wir Anton mit, seines Zeichens Koch in einem Hotel in München, dem auf unserer Rast in einem Landgasthof beim Lesen der Speisekarte beinahe die Augen aus dem Kopf fielen. „Für das Geld kriegst du in München nicht einmal eine Vorspeise!", rief er angesichts der Preise aus. Obwohl er zunächst skeptisch war, musste er zugeben, dass sowohl die Qualität wie auch die Quantität des Aufgetischten ausgezeichnet waren.

Kurz danach nahmen wir noch Eva, eine befreundete Übersetzerin und Autorin, an Bord – und prompt machte ein paar Kilometer später der linke Hinterreifen schlapp. Nun durfte Elmar den Reifen wechseln. Da wir noch länger unterwegs sein würden, mussten wir in Mönchengladbach zuerst einmal einen neuen Ersatzreifen besorgen. Trotz dieser Nicklichkeiten kamen wir gut an, brachten Anton und Eva zu ihren jeweiligen Quartieren und stellten kurz darauf verblüfft fest, dass in unserem Hotel auch die Ehrengäste der Convention untergebracht waren.

Diese luden uns am nächsten Morgen zu sich an den Frühstückstisch ein, und wir fühlten uns herzlich aufgenommen. So lernten wir die damals bereits renommierten Autoren Kathinka Lannoy aus den Niederlanden kennen, Josef Nesvadba aus der damaligen Tschechoslowakei und Cherry Wilder aus Neuseeland, die zu jener Zeit in Deutschland lebte. Dass wir damals noch blutige Anfänger waren, haben sie uns nicht im Entferntesten spüren lassen. Als Kathinka Lannoy erfuhr, dass wir noch für ein paar Tage in die Niederlande fahren wollten, lud sie uns sogar ein, sie in Egmond aan Zee zu besuchen.

Das ließen wir uns nicht zweimal sagen. Wir fuhren nach der Convention in die Niederlande und nahmen uns in dem Örtchen Egmond aan Zee ein Zimmer. Elmar sah dort zum ersten Mal das offene Meer und war so beeindruckt, dass er am liebsten den ganzen Tag am Strand entlangspaziert wäre, um auf die anrollenden

Wellen zu schauen. Besonders hatten es uns beiden die auf Stelzen stehenden Strandcafés angetan, die bei Flut vom Meerwasser umspült wurden. Einmal mussten wir zwei Stunden warten, bis wir das Café trockenen Fußes wieder verlassen konnten.

Iny drang darauf, dass wir auch ein wenig über Land fuhren, und so waren wir in der Zaanse Schans und sahen dann in Ijmuiden zu, wie die großen Frachtschiffe in den gewaltigen Schleusen gehoben oder abgesenkt wurden.

Wir verbrachten einen unvergesslichen Nachmittag mit Kathinka Lannoy, bevor es dann Richtung Köln zu Inys Großmutter und weiter nach Hause ging.

Bald darauf erhielten wir überraschend eine Einladung zur Ars Electronica in Linz, wo sich hochrangige SF-Autoren aus aller Welt trafen. Wir empfanden das als große Ehre, denn letztlich spielten wir in jener Zeit nur in der Regionalliga mit, während sich hier die Champions League der SF-Autoren versammelte. Umso dankbarer waren wir für den tiefen Einblick in die Szene und die anregenden Gespräche.

Nachdem wir mehrere Kurzgeschichten in den von Thomas Le Blanc zusammengestellten Anthologien veröffentlicht hatten, wurden wir nach Wetzlar zu den dortigen Tagen der Phantastik eingeladen. Thomas war Initiator dieser Veranstaltung und Mitbegründer der Phantastischen Bibliothek. Dort lernten wir neben vielen anderen den ZDF-Journalisten Dr. Jörg Weigand kennen sowie den Schriftsteller Wolfgang Hohlbein, der damals am Beginn seiner grandiosen Karriere stand.

All diese anregenden Treffen mit ihren lehrreichen Vorträgen verstärkten unseren Wunsch, einmal mehr zu erreichen, als ein paar Kurzgeschichten in Anthologien zu veröffentlichen. Wir begriffen jedoch auch, dass der Markt für deutsche Autorinnen und Autoren bei SF und Fantasy eine Nische war und zu bleiben schien. Nur wenige konnten sich auf Dauer wie Wolfgang Hohlbein durchsetzen und auf hohem Niveau behaupten. Zudem

*Das erste Mal in England. Das Haus war zwar „for sale",*
*aber nicht für uns.*

war Elmar in jener Zeit mit seiner beruflichen Weiterbildung be-
schäftigt, sodass wir kaum noch konzentriert schreiben konnten.
All diese vielversprechenden Anfänge drohten zu versanden, und
uns blieben nur noch die Reisen. Allerdings nahm dabei unsere
Sammelleidenschaft für Informationen und Geschichten nicht
ab, eher im Gegenteil.

Es sollten Jahre vergehen, bis wir einen Neubeginn als Autoren
wagten. Wir hatten begriffen, dass wir einen anderen Weg einschla-
gen mussten, wenn wir unseren Traum vom Schreiben verwirkli-
chen wollten. Wir gewannen Abstand zur SF- und Fantasy-Szene
und konnten auf neuen Pfaden wandeln. Wie aller Anfang war
auch dieser schwer und zwang uns zu Umwegen. Mehr als einmal
zweifelten wir daran, ob es überhaupt noch sinnvoll war weiterzu-
machen. Doch der Drang zum Schreiben blieb unverändert groß,
und schließlich entstand unter unseren Fingern der erste Roman,
der es dann auch in die Buchläden schaffte. Es war „Die Kastratin".

# 3.
# Auf den Spuren der Wanderhure

Nachdem wir in den ersten drei Jahrzehnten unseres Lebens kaum in der Welt unterwegs gewesen waren, genossen wir das gemeinsame Reisen umso mehr. Dabei probierten wir unterschiedlichste Reiseformen aus. So flogen wir einmal nach Tunesien und zweimal nach Istanbul. Spanien und Marokko erreichten wir mit dem Bus, und in Deutschland und der näheren Umgebung waren wir mit dem Auto unterwegs. Zunächst übernachteten wir in Pensionen, Ferienwohnungen, Hotels und Jugendherbergen.

Schlussendlich verlegten wir uns aufs Camping, denn wir hatten festgestellt, dass wir unsere Reisen so am unkompliziertesten planen konnten und am meisten zu sehen bekamen. Den Campingplatz brauchten wir außerhalb der Hauptsaison nicht im Voraus zu buchen. Auch konnten wir jederzeit alles zusammenpacken und das nächste Ziel ansteuern.

Zunächst zelteten wir, doch das brachte natürlich einige Einschränkungen mit sich: Es gab keinen Kühlschrank, um Vorräte frisch halten zu können. Und auch wenn unser holländisches Sturmzelt elf Quadratmeter umfasste und aus zwei Abteilungen mit durchgehendem Boden bestand, war es auf Dauer doch arg beengt, zumal die Wände nach hinten und zur Seite stark abfielen und somit der überwiegende Teil nur zum Schlafen zu gebrauchen war. Zudem mussten jedes Mal sechzig Zeltnägel in den Boden geschlagen werden, und so nahmen Auf- und Abbau sehr viel Zeit in Anspruch.

Daher liebäugelte Iny nach ein paar Jahren mit dem Kauf eines Wohnwagens. Elmars Begeisterung hielt sich zunächst in Grenzen, da er fürchtete, mit einem Anhänger deutlich langsamer unterwegs sein zu können. Außerdem behauptete er, ein Wohnwagen wäre sehr umständlich zu fahren. Iny meinte nur lapidar, dass Elmar als Landwirt ja bereits Anhänger gewöhnt sei und den Umgang mit ihnen kaum verlernt haben könnte. Dem hatte Elmar nun wenig entgegenzusetzen, und so kam es, dass wir ab diesem Zeitpunkt die Recherchen für die Wanderhure und die Folgeromane mit dem eigenen Schneckenhaus am Haken – wie Iny es nannte – unternahmen.

Und tatsächlich lernte Elmar bald die Vorzüge des Wohnwagens zu schätzen: Anders als das aus schwerem Segeltuch bestehende Zelt musste er nicht langwierig trocknen, wenn es mal wieder geregnet hatte. Wir verfügten zudem von nun an nicht mehr nur über einen Kühlschrank, sondern auch über einen Dreiflammenkocher und eine Essecke, die in ein Bett umgewandelt werden konnte. Besonders angenehm war die eigene Toilette, da wir nun nicht mehr bei Wind und Wetter bis zum Sanitärgebäude laufen mussten, und vor allem freuten wir uns an genug Stauraum, um Bücher, Laptops und Kleidung unterzubringen.

Wir wurden allerdings auch jetzt nicht zu Campern im üblichen Sinn, die ihren Wohnwagen auf einem malerischen Campingplatz in Position bringen, die Markise ausfahren und Tisch und Stühle hinausstellen, wo der Göttergatte ein gepflegtes Bierchen trinkt, während seine Ehefrau alles vorbereitet, damit er Steaks und Bratwürste grillen kann.

Sind wir mit dem Wohnwagen unterwegs, sind wir in zwei Hauptzuständen anzutreffen: Entweder sitzt jeder von uns mit dem Laptop auf dem Schoß in seiner beziehungsweise ihrer Ecke und schreibt, oder wir sind unterwegs, um uns all das anzuschauen, was uns wichtig erscheint. Ein typischer Tag verläuft in etwa folgendermaßen: Wir stehen früh auf, gehen zu den Duschen, bevor die Masse der Camper aus den Federn steigt und es in den Waschräumen zu einem Gedränge kommt. Anschließend frühstücken wir und setzen uns danach bis kurz vor Mittag an die Laptops und arbeiten. Wir essen eine Kleinigkeit, dann geht es hinaus, um mögliche Kulissen unseres aktuellen Projekts in Augenschein zu nehmen. Wenn es nötig ist, von einem Campingplatz aus eine längere Strecke zu fahren, lassen wir an jenem Tag die Laptops in den Hüllen und brechen gleich nach dem Frühstück auf. Am späten Nachmittag oder frühen Abend kehren wir dann auf den Campingplatz zurück. Am nächsten Morgen schreiben wir entweder wieder und sehen uns anschließend etwas an, oder wir unternehmen die nächste längere Tour.

Unsere erste richtige Recherchereise unternahmen wir bereits mit dem Wohnwagen, und zwar auf den Spuren der Wanderhure. Dabei hatte alles schon Jahre zuvor mit einem Zitat begonnen, auf das Iny in einem Taschenbuch gestoßen war:

*Als wir nach Konstanz kamen, gab es in der Stadt drei Hurenhäuser. Als wir sie wieder verließen, nur noch eines, aber das reichte von einem Stadttor bis zum anderen.*

So beschreibt der Minnesänger und Diplomat Oswald von Wolkenstein die Stadt Konstanz zur Zeit des Konstanzer Konzils von 1414 bis 1418. Dieses Zitat findet sich in unserer Ausgabe von Joachim Fernaus Sachbuch „Und sie schämeten sich nicht – Eine Sittengeschichte der Deutschen". In diesem Werk nimmt sich der Autor nicht weniger als zweitausend Jahre Geschichte der Liebesbeziehungen in Deutschland an.

Iny hatte diese Aussage schon als junge Frau schockiert, und just zu der Zeit, in der wir uns schriftstellerisch neu orientierten, brachte sie in einem Gespräch mit Elmar die Frage auf, wie eine so wohlsituierte Stadt, die damals Bischofssitz eines bedeutenden Bistums gewesen ist, moralisch so hatte niedergehen können. Damals hatten wir gerade mit der „Kastratin" begonnen und suchten zudem eine Kernidee für den nächsten Roman. Es entbrannte eine rege Diskussion, in der wir verschiedene Theorien entwarfen und schließlich zu dem Schluss kamen, dass wir schlicht zu wenige Fakten kannten. Wir beschlossen, der Sache vor Ort auf den Grund zu gehen.

Und so begaben wir uns zum ersten Mal gezielt auf eine Reise, um den Spuren einer zukünftigen Romanprotagonistin zu folgen. Zwar waren wir schon öfter am schönen Bodensee gewesen, aber noch nie in Konstanz. Es erschien uns wichtig, die Heimat unserer Heldin kennenzulernen, damit wir uns besser vorstellen konnten, wo und wie sie dort gelebt hat. Auch wollten wir durch ihre Erlebnisse in unserem Roman den Unterschied zwischen der Zeit vor dem Konzil und während dieses einschneidenden Ereignisses aufzeigen. Da war zum einen die wohlhabende, bigotte Stadt, in der jede Verfehlung streng geahndet wurde, und zum anderen die aus den Fugen geratene Stadt, wie Oswald von Wolkenstein sie beschrieben hatte.

Wir beluden unseren Wohnwagen, wählten im Campingführer einen zentral gelegenen Campingplatz aus und brachen auf. Von Anfang an fühlte sich die Fahrt anders an. Eine unerklärliche Anspannung hatte von uns Besitz ergriffen und war vermutlich mit schuld daran, dass Elmar die Abzweigung zum Campingplatz übersah und ein paar Kilometer weiter die zweifelhafte Freude hatte, mit unserem Wohnwagengespann wenden zu müssen. Wohnwagenbesitzer wissen, wovon die Rede ist ... Auf unseren Reisen haben wir schon mehrmals den Wohnwagen abhängen und mit bloßen Händen auf Achse drehen müssen – zumal wir uns in den ersten Jahren ja auch nur mit teilweise recht ungenauen Landkarten orientieren konnten, da es natürlich noch keine Navigationssysteme gab.

Der von uns ausgesuchte Platz lag in Birnau-Maurach und bot mit seiner Lage am See einen malerischen Blick. Ganz in der Nähe befand sich das Kloster Birnau, das wir am selben Tag noch zu Fuß aufsuchten. Als wir später wieder im Wohnwagen saßen, machten wir uns ans Pläneschmieden für die nächsten Tage. Wir wollten nicht nur Konstanz selbst aufsuchen, sondern auch das Umland erforschen.

Am nächsten Morgen wurden wir durch unmissverständliches Plätschern auf dem Wohnwagendach geweckt. Ein Blick durch das Fenster zeigte, dass Petrus seine Schleusen weit geöffnet hatte und es munter regnen ließ. Als Elmar auf Inys Bitte hin die Regenjacken aus dem Auto holen wollte, musste er feststellen, dass diese zu Hause vergessen worden waren. Es gibt wahrlich Schöneres, als auf einem Campingplatz bei einem kräftigen Landregen ohne Schirm oder schützende Jacke zu den Sanitärgebäuden und wieder zurück laufen zu müssen. So kam es, dass wir nicht sofort der damals noch namenlosen Marie nachspürten, sondern erst einmal zum Einkaufszentrum in Friedrichshafen fuhren, wo wir laut Aussage der Dame vom Campingplatz regendichte Kleidung bekommen würden.

Kaum waren die Jacken gekauft, fanden wir uns im dortigen Buchladen wieder, und die ersten Bücher über das Konzil gingen in unseren Besitz über, was sich als großer Vorteil erwies, denn wir entdeckten darin eine Vielzahl von Anhaltspunkten, was einer Besichtigung wert sei.

Weniger angenehm war das anhaltend miese Wetter. Und so ließen wir uns im Konstanzer Fremdenverkehrsamt zwar in einem Stadtplan die wichtigsten Gebäude markieren, steuerten jedoch rasch das nächste Café an, um uns aufzuwärmen und ein wenig trocknen zu können. Ein Schirm ist für uns keine brauchbare Option, denn wegen ihrer Gehhilfen kann Iny keinen tragen, und wir können auch nicht nahe genug nebeneinander gehen, als dass ein Schirm uns beide vor Regen geschützt hätte. Nicht nur deshalb trauerten wir den in München gebliebenen regendichten Hosen nach, die uns zumindest trockene Beine beschert hätten. Trotzdem wagten wir uns wieder ins kühle Nass hinaus. Als wir durchgefroren vor dem im Regen düster wirkenden Konzilsgebäude standen, in Konstanz zu „Konzil" abgekürzt, hätten wir uns niemals träumen lassen, dass darin im Jahr 2014 anlässlich des sechshundertsten Jahrestags des Konzils auch unsere „Wanderhure" ausgestellt werden würde ...

Anschließend gingen wir noch bis zum Pulverturm weiter, beschlossen dort aber, es erst einmal gut sein zu lassen und in den nächsten Tagen noch einmal nach Konstanz zu fahren.

Auf dem Weg zu unserem Auto kamen wir an einer Buchhandlung vorbei. Nun üben Buchhandlungen auf uns eine magnetische Wirkung aus, sodass wir auch hier unsere nassen Hosenbeine vergaßen und eintraten. Im Laden fragten wir nach weiteren Büchern über den Ablauf des Konzils. Von der Buchhändlerin wurde uns die Chronik von Konstanz ans Herz gelegt, deren ersten zwei Bände wir dann sogleich mitnahmen. In Band eins werden gegen Ende die Vorbereitungen für das Konzil beschrieben, und in Band zwei findet sich der genaue Ablauf.

Den folgenden Regentag nutzte Elmar, um sich durch teilweise staubtrockene Eintragungen zu kämpfen. Doch sein Enthusiasmus wuchs von Tag zu Tag, denn die Chronik erwies sich als wahre Schatzkiste, und sein Notizblock füllte sich zusehends. Mit einem Mal stieß er einen Jubelruf aus, der Iny förmlich von ihrem Sitzpolster riss.

„Was hast du?", fragte Iny irritiert.

„Den Höhepunkt unseres Romans, den wir so lange gesucht haben!" Begeistert las er ihr vor:

*Und so versammelten sich die Huren am oberen Münsterplatz und erhoben, als Seine Majestät aus dem Münster trat, ein wüstes Geschrei!*

„Ein Aufstand der Huren, stell dir vor! Den hat es wirklich gegeben. Und das ist genau das, was wir brauchen", erklärte er. „Auf dieses Ereignis hin können wir die Geschichte entwickeln und müssen uns nichts aus den Fingern saugen."

*Der Reformator Jan Hus rechtfertigt sich beim Konstanzer Konzil.*

Damit war beschlossen, dass wir, sobald „Die Kastratin" abgeschlossen war, „Die Hübschlerin" – so unser damaliger Arbeitstitel – schreiben würden. Andere Romanideen verschoben wir
auf einen späteren Zeitpunkt.

In den nächsten Tagen trotzten wir dem weiterhin schlechten
Wetter und fuhren zunächst die Orte um den Bodensee ab, die
neben Konstanz selbst während des Konzils eine Rolle gespielt
hatten. So besuchten wir Buchhorn (den Kern des heutigen Friedrichshafen), Meersburg und dessen Burg, Überlingen, Salem und
Bodman.

Damals hatte nur ein geringer Teil der Konzilsteilnehmer in
Konstanz selbst eine Unterkunft finden können. Andere wurden
in den umliegenden Ortschaften und sogar am Nordufer des Bodensees untergebracht. Man hat diese Teilnehmer Tag für Tag
nach Konstanz gerudert und am Abend wieder zurückgebracht.
Selbst Kaiser Sigismund, damals noch König, war einer von ih-

nen, er hatte in der Burg von Meersburg sein Quartier aufgeschlagen. Es dürfte in der Stadt damals ähnlich zugegangen sein wie jetzt in der Hochsaison, wenn sich ganze Busladungen von Touristen auf die Straßen ergießen. Das Konzil war eines der wichtigsten Ereignisse des Jahrhunderts gewesen. Die Kirche befand sich in einer tiefen Krise, und gleich drei Männer erhoben den Anspruch, Papst und damit Oberhaupt der Christenheit zu sein. Daher herrschte große Unruhe im Klerus und im Volk. Das Konzil sollte hier eine Lösung bringen und die Einigung auf einen einzigen Papst.

Uns wurde zunehmend bewusst, welche Beschwernisse die Menschen damals hatten auf sich nehmen müssen, um am Konzil teilnehmen zu können. Dabei waren nicht nur Kirchenmänner und Herren von Stand gekommen, welche die Verhandlungen führten, sondern auch deren zahlreiches Gefolge. All diese Menschen mussten versorgt werden und brauchten neben einem Platz zum Schlafen, Essen und Wein auch Unterhaltungsmöglichkeiten. Neben Würfeln und Brettspielen waren dies in erster Linie Spielleute, Gaukler und Huren. Wie viele Hübschlerinnen – wie die Huren damals genannt wurden – in Konstanz arbeiteten, wird in den Unterlagen unterschiedlich angegeben. Die Zahl schwankt zwischen 800 bis 1600 Frauen des horizontalen Gewerbes. Sie waren aus ganz Europa rekrutiert und mit dem Versprechen auf horrende Einnahmen nach Konstanz gelockt worden.

Die Chronik von Konstanz gibt auch Aufschluss über die Gründe, weshalb die Huren schließlich den Aufstand wagten. So hatte man für die Waren des täglichen Gebrauchs wie Nahrungsmittel Höchstpreise festgesetzt, um zu verhindern, dass damit Wucher betrieben werden konnte. So ganz klappte das aber nicht. Wir zitieren erneut Oswald von Wolkenstein: *Komm ich an den Bodensee, tut mir gleich der Beutel weh!*

Darunter litten die Huren besonders, denn sie galten als unehrliches Volk und fielen damit nicht unter die normale Gerichtsbarkeit. So konnte man ihnen den vier- bis fünffachen Preis für Brot und dergleichen abverlangen, ohne dass sie die Möglichkeit hatten, vor Gericht dagegen zu klagen. Dazu verlockte die Aussicht auf schnell verdientes Geld so manche Dienstmagd in Konstanz, in Konkurrenz zu den angereisten Huren zu treten. Die Geldgier erfasste im Übrigen keineswegs nur Mägde und arme Frauen, sondern auch Teile der Bürgerschaft. In der Chronik steht ein Mann namentlich verzeichnet, der sein Haus in ein Bordell verwandelt hatte und dort seine Ehefrau, seine beiden Töchter und die Mägde anschaffen ließ. Er soll nicht der Einzige gewesen sein. Noch hundert Jahre nach diesen einschneidenden Ereignissen galt als schlimmste Beleidigung, die einem Konstanzer an den Kopf geworfen werden konnte, die Beschimpfung „du Konziliumskind". Inys Frage nach dem moralischen Niedergang der Stadt war damit beantwortet.

Als das Wetter endlich besser wurde, nutzten wir es, um Konstanz noch einmal trockenen Fußes zu erforschen. Wir durchstreiften die malerische Altstadt und das sogenannte „Paradies", jene Teile, aus denen die Stadt schon zur Zeit des Konzils bestand. Das Konzilsgebäude bietet noch heute einen beeindruckenden Anblick, und die stolzen Patrizierhäuser zeugen ebenso wie das Münster von den bedeutenden Zeiten als ehemaliger Bischofssitz.

Der nächste Tag verschonte uns auch vom Regen, und so näherten wir uns Konstanz ein weiteres Mal, diesmal nicht mit der Fähre von Meersburg kommend, sondern indem wir den Überlinger See umfuhren. Wir genossen die traumhaften Ausblicke auf diesen Ausläufer des Bodensees und kamen entspannt in Konstanz an. Allerdings waren wir auch mit dem Auto unterwegs. Die Konzilsteilnehmer damals hatten sich bei jedem Wetter in die Sättel schwingen und nach Konstanz reiten oder sich mit dem Kahn über den See rudern lassen müssen.

Diesmal hielten wir uns nicht lange in der Stadt selbst auf, denn wir wollten uns die Gelegenheit nicht entgehen lassen, die weltberühmte Blumeninsel Mainau zu besuchen, auch wenn diese zur Zeit unseres Romans noch eine Kommende des Deutschen Ordens war und mit den Geschehnissen um Marie nichts zu tun hatte. An diesem Nachmittag kam sogar auch endlich die Sonne durch, und so waren die wundervoll gestalteten Gärten für uns ein Labsal nach all den Regentagen.

Bei einer Tasse Tee und mit Blick auf ein blühendes Blumenmeer unterhielten wir uns über unsere Heldin, der Elmar spontan den Namen „Marie" gegeben hatte. So entstanden die Grundzüge des ersten Teils des Romans. Wir verließen die Mainau erst wieder, als wir bei Sonnenuntergang hinausgekehrt wurden, und genossen das Gefühl, dass sich die Recherchen in dieser Gegend voll und ganz ausgezahlt hatten.

Mit diesem Wissen gönnten wir uns zum Ende unseres Aufenthalts noch einen Besuch im Pfahlbaumuseum Uhldingen. Als Museumsliebhaber, die wir sind, konnten wir das nicht links liegen lassen, auch wenn es für unsere damaligen Romanprojekte keine Rolle spielte. Doch wer weiß schon, was wir einmal für einen neuen Roman brauchen können? Das Pfahlbaumuseum Uhldingen reiht sich also nahtlos in die lange Reihe besuchter Museen ein und ist nicht nur durch seine Lage etwas Besonderes. Zwar sind wir bislang mit unseren Romanen nicht bis in die Bronze- und Jungsteinzeit zurückgegangen. Aber wir halten es mit dem Titel eines James-Bond-Films: „Sag niemals nie!"

Bevor wir zurück nach München fuhren, statteten wir noch den Affen am Affenfelsen von Salem einen kurzen Besuch ab. Doch kaum waren wir wieder daheim, machte sich Elmar an die letzten Teile der „Kastratin", um sich dann mit Feuereifer unserem neuen Herzensprojekt zuzuwenden. Rasch wurde uns klar, dass wir nun zwar genug über Konstanz und dessen Umgebung wussten, um die dort handelnden Kapitel schreiben zu können. Allerdings lag der Weg, den Marie bis dahin zurücklegen musste, noch zu weiten Teilen im Dunkeln, und so beschlossen wir, uns so bald wie möglich erneut an ihre Fersen zu heften.

Hier sollten wir vielleicht einmal erklären, wie unsere Romane entstehen. Sobald wir uns entschlossen haben, eine Romanidee umzusetzen, arbeiten wir sie in langen Gesprächen aus und stellen die nötigen Recherchen sowohl vor Ort an wie auch mithilfe der gesammelten Unterlagen. Wenn Elmar sich dann gut genug gerüstet sieht, verfasst er den Rohtext. Iny liest diesen mit und kommentiert. Anschließend überarbeitet Elmar den Text einmal und reicht ihn an Iny weiter. Sie schleift das Manuskript in fünf Durchgängen aus und schärft und verbessert den Text. Elmar liest jede neue Fassung durch und nennt die Punkte, die er anders interpretiert. Nach dieser intensiven Bearbeitung ist das Manuskript so weit fertig, dass es an den Verlag und weiter an unsere Lektorin gehen kann.

# 4.
# Auf den Spuren der Wanderhure - Teil zwei

Für die ersten Recherchen in Konstanz hatten wir unseren Wohnwagen auf dem Campingplatz Birnau-Maurach abgestellt und von dort aus Konstanz und die Landschaft um den Bodensee erforscht. Für die zweite Reise planten wir gleich drei feste Standorte ein. Um zu entscheiden, wie weit unsere Marie wandern würde, nahmen wir als Erstes den nördlichen Schwarzwald unter die Lupe.

Wir fuhren quer durchs Land und entdeckten dabei Landmarken wie die Hornisgrinde, die zu Handlungsorten im Roman wurden. Um noch mehr Gespür für Maries Erlebnisse zu bekommen, unternahmen wir von unserem Campingplatz aus selbst kleine Wanderungen und erkundeten so die interessanten Stellen auch zu Fuß.

In Erinnerung geblieben ist uns eine Episode in Baden-Baden, wo Elmar auf dem Weg ins Zentrum einem Lkw gefolgt war, ohne zu merken, dass dieser in die Fußgängerzone einfuhr, um dort etwas anzuliefern. Mit einem Mal fanden wir uns mit dem Auto inmitten äußerst pikiert dreinschauender Kurgäste wieder und suchten verzweifelt einen Ausweg. Nur mit Mühe erreichten wir einen Parkplatz, von dem aus wir das Zentrum von Baden-Baden doch noch erkunden konnten.

Viele unserer damaligen Eindrücke haben wir für „Die Wanderhure" verwendet. So ließen wir Marie mit Hiltrud zusammen durch den Schwarzwald wandern und hetzten sie auf die bereits erwähnte Hornisgrinde.

Als Nächstes ging es über die Grenze ins Elsass. Der dortige Campingplatz war schön angelegt und die in der Nähe gelegene kleine Stadt Rhinau malerisch.

Allerdings gewöhnte Iny sich nur schwer daran, dass es in den Sanitärgebäuden keine Trennung der Geschlechter gab. Sie fand es wenig vergnüglich, wenn in der Nebentoilette ein männliches Walross sein Geschäft verrichtete. Wir kannten das von vorherigen Frankreichaufenthalten nicht, und auch später sind wir höchstens noch ein- oder zweimal auf so einen Campingplatz geraten.

Unser erstes Ziel war Straßburg. Um den Tag zu nutzen, starteten wir früh und fanden rasch einen Parkplatz. Schon nach wenigen Metern stand für uns fest, dass unsere Wanderhure Marie hier, im Schatten des einzigartigen Münsters, ein bedeutsames Abenteuer erleben würde. Die Bootsfahrt auf der Ill verschaffte uns zudem ganz besondere Perspektiven auf die historische Altstadt.

Als wir uns voller wunderschöner Eindrücke am späten Nachmittag auf den Heimweg machen wollten, marschierten wir in die Richtung, in der wir unser Auto vermuteten. Doch bald mussten wir feststellen: Wir wussten nicht mehr, wo wir es abgestellt hatten. Dabei hatten wir uns am Morgen bewusst markante Gebäude in der Nähe eingeprägt, die wir nun jedoch nirgends ausmachen konnten. Nach längerem Umherirren folgte Iny blind ihrem Bauchgefühl und bog in eine Seitenstraße ab. Tatsächlich standen wir kurz darauf vor unserem Wagen. Nun erkannten wir auch die Gebäude, die wir uns eingeprägt hatten. Allerdings waren wir von einer anderen Seite gekommen.

Erleichtert fuhren wir los – und schon nach wenigen Kilometern formten sich im Gespräch Szenen und ganze Kapitel des Romans. Elmar hatte einiges zu notieren, als wir wieder auf dem Campingplatz waren.

Von den vielen schönen Städten im Elsass ist uns vor allem Wissembourg in Erinnerung geblieben. Während wir dort durch die Stadt streiften, entdeckten wir eine Konditorei mit entzückenden Kreationen. Der Appetit auf Süßes überkam uns, und wir kauften ein. Wobei das noch untertrieben ist. Tatsächlich schleppten wir anschließend eine riesige Tüte zum Auto. Allerdings waren die Augen größer gewesen als unsere Mägen. Am Ende zwangen wir uns die Kuchenstücke regelrecht hinein, denn zum Wegwerfen waren sie viel zu schade. Elmar konnte hinterher lange Zeit nichts Süßes mehr sehen, sondern entwickelte eine Vorliebe für deftigere Speisen. Darauf mag Maries Faible für Bratwürste zurückzuführen sein.

Über den Rhein ging es wieder zurück nach Deutschland. Der nächste Campingplatz lag bei Sulzburg im südlichen Schwarzwald. Der ehemalige ZDF-Journalist Dr. Jörg Weigand war nach seiner Pensionierung in diese Gegend gezogen und hatte uns zu sich eingeladen, nachdem er erfahren hatte, dass wir hier auf Recherchereise waren.

Jörg Weigand war stärker mit der SF- und Fantasy-Szene verbunden geblieben als wir, und so erfuhren wir von ihm viel Neues über Menschen, die wir mit der Zeit aus den Augen verloren hatten. Wir lernten auch Jörgs Ehefrau Karla Weigand kennen, die sich später ebenfalls einen Namen als Autorin historischer Romane machte. Es waren anregende Stunden – und wir verdanken Jörg nicht zuletzt wertvolle Tipps für unsere weiteren Fahrten durch den Schwarzwald, welche sowohl für „Die Wanderhure" selbst wie auch für „Die Goldhändlerin" Früchte tragen sollten. Wir hatten für diesen zweiten Roman bereits ein Grobkonzept entwickelt, waren uns aber über mehrere Handlungsschauplätze noch nicht im Klaren. Auf dieser Fahrt verfestigte sich der Gedanke, dass hier im Schwarzwald der Beginn für „Die Goldhändlerin" liegen könnte.

Doch zunächst begaben wir uns wieder auf die Spuren von Marie. Per Auto fuhren wir die Strecken ab, die sie einst beschritten haben könnte. Dabei hatten wir es sehr viel bequemer, denn wir mussten uns nicht bei Wind und Wetter zu Fuß und einen Handwagen hinter uns her ziehend über die Höhen und durch die Täler quälen. Um einen Eindruck von einer ursprünglichen Landschaft zu bekommen, fuhren wir zur Wutachschlucht und wanderten in diese hinein. Die Wutach, die die Donauquellen abgraben und deren Wasser dem Rhein zuführen wird, hat eine grandiose Landschaft geschaffen, die selbst Iny die Mühen vergessen ließ, die ihr diese Wege bereiteten.

Spätestens auf dieser Wanderung wurde uns bewusst, dass unsere neue, gezielte Art des Reisens nicht weniger wunderschöne Eindrücke und Erlebnisse mit sich brachte als unsere früheren Reisen, die nicht der Recherche gedient hatten.

Und so ließen wir uns dann auch mit bestem Gewissen von dem Europa-Park bei Rust in Versuchung führen, denn vor Jahren hatten wir nach einem Besuch bei Inys Großmutter in Köln bereits schöne Stunden im Phantasialand genossen. Doch kaum hatten wir den Park betreten, wurde uns bewusst, dass dieser mit keinem anderen Vergnügungspark zu vergleichen ist. Zwar handelt es sich um einen Vergnügungspark mit Fahrgeschäften, Imbissständen und kleinen Läden, aber alles ist in einzelne Themengruppen aufgeteilt, die typische Dörfer aus europäischen Ländern darstellen. Wir streiften durch das italienische Dorf, aßen Waffeln bei den Holländern, machten im Schweizer Dorf unsere Mittagspause und zogen anschließend zum spanischen und schlussendlich zum norwegischen Dorf weiter. Dort war eine landestypische Stabkirche errichtet worden, die in uns den Wunsch weckte, einmal einen Roman zu schreiben, der in Skandinavien spielt.

In jener Zeit standen wir noch ganz am Anfang und schrieben auf eigenes Risiko, denn wir hatten noch keinen Verlag. Alles, was wir taten, konnte sich als Schuss in den Ofen erweisen. Doch davon ließen wir uns nicht beirren, sondern wir suchten unermüdlich nach Ideen für weitere Romane. Auch wenn der erste und zweite Versuch misslingen sollte, so wollten wir nicht aufgeben. Wir glaubten fest daran, irgendwann einmal Erfolg mit unseren Büchern zu haben.

Gegen Ende der Reise hatten wir die Sicherheit gewonnen, „Die Wanderhure" so schreiben zu können, wie wir es uns wünschten. Während Elmar die letzten Einträge für diesen Roman auf seinen Skizzenblock schrieb, brachte ein Blick auf die Landkarte Iny dazu, erneut über die Grenzen nach Frankreich zu schauen. In der Stadt Mulhouse hatten die Brüder Schlumpf eine Unmenge an alten Autos gesammelt, die nun im Museum Cité de L'Automobile ausgestellt waren. Mit sanftem Drängen überredete Iny Elmar, mit ihr dorthin zu fahren. Gemäß der Devise, dass man in einer guten Partnerschaft auch die Vorlieben des anderen akzeptieren sollte, steuerte er brav am nächsten Vormittag unser Auto über den Rhein in Richtung Westen.

Auch wenn die Beschilderung in Mulhouse für uns ungewohnt war, gelang es uns, das Museum zu finden. Die Zahl der dort ausgestellten Autos war tatsächlich erschlagend. In erster Linie waren es französische Modelle von Beginn der Automobilisierung an bis über den Zweiten Weltkrieg hinaus, ein paar deutsche Fabrikate hatten auch den Weg über den Rhein gefunden. Obwohl Elmar wahrlich kein Autofan ist, konnte auch er sich dem Charme dieser Ausstellung nicht entziehen. Es ist nicht auszuschließen, dass damals der Keim für die Idee gelegt wurde, in mindestens einen Iny-Lorentz-Roman ein Automobil einzubauen. Tatsächlich wird 2020 unsere Heldin Vicki in einer dieser frühen Benzinkutschen sitzen, allerdings nicht wie weiland Frau Benz am Steuer, sondern sie lässt sich brav chauffieren.

Das Museum in Mulhouse war eine Initialzündung für zahlreiche folgende Museumsbesuche, darunter das einzigartige Riverside Museum in Glasgow, in dem Iny ein Modell ihres ersten Motorrollers entdeckte, sowie das Deutsche Automobilmuseum auf Schloss Langenburg.

Und so halten wir es auf unseren Reisen bis heute: Wenn uns die Recherche für einen Roman in eine bestimmte Gegend führt, so sind wir auch stets für anderes offen. Die Möglichkeit, dass man es später brauchen kann, besteht schließlich immer.

Als wir gut wieder zu Hause waren, legte Iny letzte Hand an „Die Kastratin". Elmar hingegen setzte sich voll von Eindrücken der Reise an den Computer und spann die Geschichte um die Wanderhure Marie, ihren Verehrer Michel und ihre Freundin Hiltrud weiter.

Bis zu diesem Zeitpunkt hatten wir ins Blaue hinein geschrieben und keinen Verlagsvertrag in Aussicht. Mittlerweile wussten wir aus Erfahrung, dass unverlangt eingesandte Manuskripte nur wenig Chancen hatten. Deswegen machte Iny sich auf die Suche nach einer guten Literaturagentur. Das gestaltete sich allerdings als schwierig. Einige Agenten forderten Geld dafür, uns überhaupt anzubieten. Hier nahmen wir sehr rasch Reißaus. Andere lehnten uns aus unterschiedlichsten Gründen ab.

Schließlich entdeckte Iny im Internet die Münchner Agentur Lianne Kolf, von der es hieß, sie nähme nur selten neue Autoren. Iny meinte: So neu sind wir nicht, immerhin hatten wir bereits über ein Dutzend Kurzgeschichten in renommierten Verlagen veröffentlicht. So rief sie dort an. Der spätere Ehemann unserer Agentin war am Telefon und sagte, wir könnten die Manuskripte gerne schicken. Zwei unserer älteren Manuskripte hatten wir noch keinem Verlag angeboten, hinzu kam „Die Kastratin" als neues. Angesichts eines Gesamtumfangs von über zweitausend Seiten beschloss Elmar, das Ganze eigenhändig zur Agentur zu bringen. Die beiden älteren Romane waren Lianne Kolf zu umfangreich, um als Debütromane angenommen zu werden, doch an der „Kastratin" hatte sie Interesse und überzeugte auch bald den Knaur Verlag, diesen Roman anzukaufen.

Und so kam eines Tages tatsächlich der Anruf, dass wir uns in die Agentur begeben sollten, um dort den Buchvertrag zu unterschreiben. Wir waren überglücklich, dass es endlich geklappt hatte, betraten die Agentur aber doch mit einer gewissen Ehrfurcht. Lianne Kolf sorgte jedoch rasch dafür, dass wir unsere Scheu verloren. Man sagt ihr einen untrüglichen Instinkt für gute Autoren nach. Bei uns hat sie dieser, wie man fast zwei Jahrzehnte später sagen darf, nicht getrogen.

Während dieser Zeit brachten wir auch „Die Wanderhure" zu einem guten Ende. Für uns hieß der Roman immer noch „Die Hübschlerin" – und diesen Titel sahen wir auch auf dem Cover bereits vor uns. Allerdings hatten wir die Rechnung ohne Lianne gemacht. „Wie soll der Roman heißen? ,Die Hübschlerin'?", fragte sie. „Den Begriff kennt doch heutzutage keiner mehr. Um was geht es denn? Um eine wandernde Hure! Also nennen wir ihn ,Die Wanderhure'!" Einer Agentin widerspricht man nicht. Und so warf Iny Elmar beim Verlassen der Agentur einen bedeutungsschwangeren Blick zu und sagte lapidar: „Die Wanderhure? Das wird uns nachlaufen bis zum Ende unseres Lebens." Und so kam es auch. Wer Iny Lorentz sagt, meint „Die Wanderhure". Und tatsächlich bezweifeln wir, dass der Roman mit dem Titel „Die Hübschlerin" auch nur annähernd so erfolgreich gewesen wäre.

„Die Wanderhure" begleitete uns noch auf einer dritten Reise. Die Druckfahnen hatten uns zu Hause erreicht, doch bereits am Tag darauf fuhren wir in den Schwarzwald, wo wir noch ein paar Schauplätze für zukünftige Romane besuchen wollten. Statt das zu tun, schwitzten wir im Wohnwagen bei 38° über den Fahnen. Zu allem Überfluss lag der Campingplatz weitab vom Schuss, und die einzige Möglichkeit, Post zu versenden, war ein kleiner Laden im nächsten Ort, dessen Postagentur allerdings nur jeden zweiten Tag betrieben wurde. Da wir neu in diesem Geschäft waren, wagten wir es nicht, den gesetzten Termin zu überziehen.

Wenn wir an diese Zeit zurückdenken, lächeln wir über unsere damalige Naivität. Andererseits bewiesen wir mit der pünktlichen Abgabe unsere Zuverlässigkeit und werden von unserer Agentin gerne als Vorbild für säumige Autoren hingestellt. Bis heute haben wir noch jeden Ablieferungstermin gehalten.

# 5.
# Auf Italiens Fluren

Viele glauben, „Die Wanderhure" wäre der erste Roman, den wir unter dem Pseudonym Iny Lorentz geschrieben haben. Es ist jedoch bereits der zweite, denn vorher gab es „Die Kastratin". Deren Entstehungsgeschichte war ziemlich verrückt.

Wir dachten damals beide unabhängig voneinander über eine Idee für einen historischen Roman nach. Als Elmar eines Nachts von der Arbeit kam, meinte er zu Iny, er habe eine. Sie antwortete: „Ich auch!" Es ging ein bisschen hin und her, wer als Erster mit der Sprache herausrücken sollte. Schließlich erklärte Elmar, bei ihm ginge es um eine junge Frau, die als Kastrat verkleidet singen würde.

Iny fiel fast in Ohnmacht und brachte gerade noch „Das ist doch meine Idee!" hervor. Wir hatten tatsächlich beide am selben Tag dieselbe Idee und legten damit den Grundstein für unseren späteren Erfolg als Iny Lorentz. Elmar hatte sich von einer Biografie des Kastratensängers Farinelli inspirieren lassen und Iny von den Memoiren des Giacomo Casanova, die beide auf als Kastraten verkleidete Sängerinnen hingewiesen haben. Casanovas Begegnung mit Angiola Calori wurde später von unserer Verlagskollegin Tanja Kinkel in dem zauberhaften Roman „Verführung" umgesetzt.

Für „Die Kastratin" haben wir keine eigene Recherchereise unternommen, sondern auf die Eindrücke und Erfahrungen früherer Fahrten zurückgegriffen.

Dazu gehört eine denkwürdige Frühjahrsreise nach Italien. Nachdem wir Venedig und Padua bereist hatten, fuhren wir mit unserem Zelt – stolze Wohnwagenbesitzer wurden wir erst später – zunächst in die Po-Ebene, wo die Romane über Don Camillo und Peppone spielen. Auf den dortigen Campingplätzen übernachteten wir oft zwei- oder dreimal, tagsüber waren wir von morgens bis abends unterwegs. Laptops leisteten wir uns erst ein paar Jahre später, als wir intensiver schrieben und uns keine langen Pausen mehr leisten konnten.

Wir besuchten das Städtchen, das unserem Reiseführer nach am ehesten Brescello aus Guareschis Roman „Don Camillo" entsprach, schlenderten über den großen Marktplatz und setzten uns in ein typisches Café. Dort tranken wir Cappuccino und knabberten italienische Mandelkekse. Es war eine friedliche Stimmung, und fast hätte man sich einen streitbaren Gottesmann gewünscht, der wie Don Camillo für ein wenig Leben gesorgt hätte. Doch der wurde uns ebenso vorenthalten wie auch ein Peppone. Wenigstens konnten wir so auch später unsere Spaghetti genießen, ohne mit einer zünftigen Rauferei rechnen zu müssen.

Von dort ging es weiter in die Toskana. Auf Elmars Vorschlag hin mieden wir die Autobahnen, um mehr von der Landschaft zu sehen. Und so genossen wir den Anblick auf entweder wie mit dem Lineal über Hügel und Täler gezogene Straßen oder schmale, sich schlängelnde Bergpfade sowie zahlreiche Ortschaften, die zu durchqueren das eine oder andere Mal ein gemütliches Hinterherzuckeln hinter einem Cinquecento erforderte. Den von Elmar großzügig aufgestellten Zeitrahmen für die einzelnen Teilstrecken konnten wir auf diese Weise bei Weitem nicht einhalten, und so waren wir froh, unseren Campingplatz zwischen Marina di Pisa und Livorno noch bei Tageslicht zu erreichen. Nach der Anmeldung durfte Elmar seine sechzig Zeltnägel in die Erde schlagen. Kaum stand das Zelt halbwegs stabil, begann Iny, Isomatten und Schlafsäcke sowie das Gepäck hineinzubringen.

Als dies alles geschafft war, waren wir es auch. Außerdem hatten wir einen Bärenhunger. Auf dem Campingplatz konnte man zwar auf einer Terrasse seinen Caffè oder einen Vino trinken, zu essen gab es jedoch nur Kleinigkeiten. So begnügten wir uns mit Bruschetta und einem Glas Wein. Da Inys Tein-Spiegel abzusinken drohte, durfte Elmar hinterher unseren kleinen Campingkocher anwerfen und Teewasser aufsetzen.

Am nächsten Morgen gab es nur ein karges Frühstück, und wir brachen rasch auf. Unser erstes Ziel war Pisa, das wir nach einer entspannten Fahrt erreichten, die zum größten Teil an einem Kanal entlangführte. Uns gelang es sogar, einen Parkplatz zu finden, der nicht kilometerweit vom Stadtzentrum entfernt lag.

Von dort aus marschierten wir schnurstracks auf den Schiefen Turm zu. Aus der Ferne sah er noch recht harmlos aus. Von Nahem aber konnte man glauben, er müsse jeden Augenblick umfallen. Es gab eine kurze Diskussion zwischen uns, ob wir überhaupt hinaufsteigen sollten. Da es genug andere taten, wollten wir nicht feige sein und reihten uns in die Schlange ein, die nach oben strebte. Auf der obersten Plattform blieb Iny in der Mitte stehen und kämpfte mit ihrer Höhenangst, während Elmar sich bis an den Rand wagte, dabei aber ebenfalls ein mulmiges Gefühl in der Magengrube verspürte. Wir waren beide erleichtert, als wir wohlbehalten wieder unten waren und unsere Besichtigung mit dem Dom fortsetzen konnten.

Tatsächlich wurde der Schiefe Turm nur wenig später für Besucher gesperrt. Elmars Kollege Manuel, der ein paar Monate nach uns nach Pisa kam, konnte dieses bemerkenswerte Bauwerk nur noch von unten bestaunen.

Als Nächstes stand das Städtchen San Gimignano mit seinen spektakulären Geschlechtertürmen auf dem Programm. Uns hatten es dort besonders die schnuckeligen Stadttore angetan, bei denen ein Autofahrer – sofern er nicht gerade in einem Cinquecento sitzt – höllisch aufpassen muss, nicht anzuschrammen. Kollege Manuel hatte im Übrigen auch hier Pech. Anders als wir war er mit einem Nasenbären unterwegs, also einem Wohnmobil mit Alkovenaufsatz. Zwar kam er in San Gimignano bis zum

Parkplatz und konnte dort für die Besichtigung halten. Doch als er danach zu seinem nächsten Ziel weiterfahren wollte, war das Stadttor zu eng für sein Wohnmobil. Er musste daher umkehren und einen Umweg von vierunddreißig Kilometern in Kauf nehmen, um dorthin zu kommen, wohin er wollte. Wir hingegen konnten unseren Frosch – einen russischen Lada Nova in Grün – durch die engen Stadttore steuern und fuhren nach ausgiebiger Besichtigung des pittoresken Städtchens weiter zu unserem nächsten Ziel.

Unser Campingplatz lag nicht weit vom Strand entfernt, und wir genossen unsere Spaziergänge am Meer. Eines Morgens schien das Wasser mit einem Mal zu brodeln. Bevor wir begriffen, was geschah, schnellten Hunderte von fingerlangen Fischen auf den Strand und blieben dort liegen. Elmar versuchte zwar, die Fische ins Wasser zurückzuwerfen, und rettete auch zwei oder drei Dutzend, aber mehr war nicht zu bewältigen. Wir können uns dieses Phänomen nur so erklären, dass der Fischschwarm von einem Raubfisch bis an den Strand getrieben worden war und die Tiere in Panik hochgesprungen sind.

Unser nächstes Ziel war eine archäologische Ausgrabungsstelle in der Nähe von Volterra, wo etruskische Gräber gefunden worden waren. Es war ein eigenartiges Gefühl, durch einen niedrigen Eingang in die Grabhöhle mit den uralten Fresken einzusteigen. Manche waren verblasst, andere immer noch überraschend farbstark. Sie zeugen von der hohen Kultur dieses Volkes, das in den letzten Jahrhunderten vor Christi Geburt von dem sich ausdehnenden Römischen Reich erobert worden war und sich schließlich assimilierte. An dieser Ausgrabungsstätte kauften wir uns ein auf alt getrimmtes Tonrelief, das nach vielen Jahren in einem Karton mittlerweile seinen Platz über der Tür unseres Gästezimmers gefunden hat.

Unser Reiseführer legte uns Massa Marittima ans Herz, und so fuhren wir an einem Sonntag dorthin. Nach einem Spaziergang durch das Örtchen setzten wir uns in ein Café. Mit einem Mal läuteten etliche Kirchenglocken, und zahlreiche Kinder strömten aus der Kirche. Zu unserer Verwunderung waren alle wie Ministranten gekleidet. Die Frau am Nachbartisch erklärte uns, dass Kommunion gefeiert werde und die Knaben wie auch die Mädchen dabei jeweils die gleiche Kleidung tragen würden. Für uns war das neu, weil in unseren Breiten doch ein ziemlicher Aufwand mit den Kommunionsanzügen der Jungen und den Kleidern der Mädchen getrieben wird. Hier aber steckten alle – vom Sohn des Padrone angefangen bis zu dem des Tagelöhners – in der gleichen Kleidung. Uns erschien das richtig, denn vor Gott sollten alle gleich sein, ganz besonders bei einem so gewichtigen Anlass. Daher empfanden wir diese Begebenheit in Massa Marittima als einen schönen und stimmungsvollen Abschluss unseres Aufenthalts in der Toskana. Inzwischen haben wir uns sagen lassen, dass diese Sitte nun auch hierzulande Einzug gehalten hat. Wir finden das begrüßenswert.

Am nächsten Tag ging es nach einem Schlenker in den Etruskischen Apennin wieder in Richtung Heimat.

Am Gardasee gönnten wir uns noch eine längere Pause, da Elmar unbedingt Peschiera del Garda sehen wollte, das in einem seiner Kinderbücher eindrücklich beschrieben worden war.

Danach fuhren wir am wunderschönen und kurvenreichen Westufer des Gardasees entlang, genossen ein spätes Mittagessen in Südtirol und fuhren von dort aus über die Autobahn nach Hause. Den Abend verbrachten wir dann schon wieder in unserem heimischen Stammlokal, wo wir die Reise Revue passieren ließen. Zu dem Zeitpunkt konnten wir noch nicht wissen, dass diese Region einige Jahre später zum Hintergrund der Abenteuer von Giulia Fassi werden würde, der Heldin unseres ersten Romans „Die Kastratin". Und auch für Catarina, die Heldin aus „Die Löwin", sollten diese Lande noch wichtig werden.

# 6.
# In Wien

Unser Erstling „Die Kastratin" spielt nicht nur in Italien, sondern auch in Wien. Dort hatten wir bereits mehrere Clubtreffen besucht, aber verhältnismäßig wenig von der Stadt gesehen. Dies änderte sich, als unsere österreichische Clubfreundin Pauline uns zu sich einlud und wir mit ihr eine unvergessliche Woche in der Metropole verbrachten.

Paulines Wohnung lag verkehrsgünstig in der Nähe einer U-Bahn-Station, und wir gelangten von dort aus rasch ins Zentrum. Laut Pauline gehörten ihre vier Wände der Gemeinde Wien. Es war ein schnuckeliges Ding mit einer kleinen Küche, einem noch kleineren Badezimmerchen sowie einem Schlaf- und einem Wohnzimmer. In Letzterem stand die Couch, auf der wir übernachten durften – wobei wir kaum zum Schlafen kamen, denn tagsüber führte Pauline uns durch ihre Heimatstadt, und an den Abenden trafen wir uns mit Kollegen aus der dortigen SF- und Fantasy-Szene.

Wer die Chance hat, von einer Einheimischen durch eine fremde Stadt geführt zu werden, weiß, dass es sowohl anstrengend als auch sehr informativ und anregend sein kann. Bei Pauline war es definitiv beides. Wir begannen mit dem Stephansdom, dem Steffl, wie die Wiener sagen, von dort ging es spiralförmig durch die gesamte Altstadt. Eine Melange in einem der traditionellen Wiener Cafés zu trinken gehörte ebenso dazu wie mehrere Museumsbesuche. Als Lehrerin war Pauline bestens mit der Geschichte Wiens vertraut und konnte wunderbar erklären. Sie führte uns zu den Bauten der Habsburger Kaiser und den Zeugnissen der beiden Türkenbelagerungen. Das Heeresgeschichtliche Museum durfte ebenfalls nicht fehlen, weil dort die Kriegsbeute aufbewahrt wird, die nach dem Sieg über die Türken anno 1683 gemacht wurde. Später, als wir für „Die Widerspenstige" recherchiert haben, erfuhren wir, dass der Polenkönig Jan III. Sobieski die wertvollsten Stücke bereits nach Warschau hatte verfrachten lassen, bevor Kaiser Leopold I. sich selbst an der reichen Beute hatte bedienen können.

Pauline geleitete uns auch in die Wiener Unterwelt, die bis zu fünf Stockwerke tief in die Erde reicht. Einer dieser Keller ist als kleines Museum eingerichtet und zeigt, wie die Wiener bei den Türkenbelagerungen Wache hielten, um rechtzeitig auf die von den Türken gegrabenen Stollen aufmerksam zu werden. Sie mussten unter fürchterlichen Bedingungen Gegenstollen graben, bevor die feindlichen Mineure nahe genug heran waren, um die Stadtmauern sprengen zu können.

Wichtiger Teil unseres Besichtigungsprogramms war natürlich die Hofburg. Dem Platzmangel geschuldet ist sie ein Konglomerat aus verwinkelten Bauten mit teilweise sehr düsteren Korridoren und Zimmern. Solange aber die Türkengefahr herrschte, war eine Verlagerung des Herrschersitzes auf eine Fläche außerhalb der Stadtbefestigungen nicht ratsam. Erst als die Grenzen des Reiches weit nach Ungarn hinein verschoben worden waren, wurde mit Schloss Schönbrunn ein repräsentativer Bau errichtet. Einige Jahre später besuchten wir dieses Schloss mit einer französischen Freundin, die es als Enttäuschung erlebte, hatte sie doch eine Art zweites Versailles erwartet, nicht aber dieses relativ schlichte Gebäude, das auch noch mit einem wenig spektakulären Ockergelb getüncht war. Uns nüchterner veranlagten Teutonen ist der Esprit, den die Söhne und Töchter der Grande Nation bei ihren Denkmälern und Bauten entwickelt haben, eher fremd. Daher waren wir im Gegensatz zu unserer Bretonin von Schloss Schönbrunn sehr beeindruckt und haben einige Jahre später unsere Charlotte aus „Die Fürstin" bei einem Besuch dort logieren und die jugendliche Maria Theresia kennenlernen lassen.

Bevor wir nach der „Kastratin" Giulia jedoch die nächste unserer Heldinnen nach Wien schickten, unternahmen wir noch eine richtige Recherchereise dorthin. Seither haben wir die Stadt mehrfach besucht, und es juckt uns immer wieder in den Fingern, erneut hinzufahren. Nicht zuletzt deshalb liebäugeln wir mit einer Romanidee, für die wir erneut an Donau und Wienfluss recherchieren müssen.

Unser Besuch bei Pauline war zwar noch nicht dezidiert für Recherche gedacht gewesen, aber unsere Interessen waren damals dieselben wie heute. So konnten wir die Eindrücke und Informationen, die wir auf dieser Reise gesammelt hatten, bei der „Kastratin" umsetzen. Als dieser Roman im September 2003 tatsächlich auf den Markt kam, konnte noch niemand ahnen, dass dies der Schneeball war, der schon bald, spätestens mit der „Wanderhure", zur Lawine werden würde.

Während wir Giulias Abenteuer noch zu Papier brachten oder vielmehr - moderner gesagt – in den Computer eintippten, begann parallel die Vorbereitungs- und Recherchephase für „Die Wanderhure". Und so ging es weiter. Als Elmar mit der Niederschrift dieses Romans begann, galten unsere Gedanken bereits unserer nächsten Heldin, nämlich Lea, der Tochter von Jakob Goldstaub. Von ihr werden wir als Nächstes berichten.

# 7.
# Die Jüdin Samuel Goldstaub alias „Die Goldhändlerin"

Elmar hatte schon in seiner Jugend eine Vorliebe für Hosenrollen – nicht zuletzt angeregt von Armin Franks Roman „Die Dame mit dem Degen" über die entflohene Nonne Catalina de Erauso, die als Mann verkleidet jahrelang unentdeckt blieb, sowie von dem Bühnenstück „Don Gil von den grünen Hosen" von Tirso de Molina. Und so war es kaum verwunderlich, dass die Protagonistin unseres ersten Romans, der „Kastratin", ebenfalls als Mann verkleidet ihre Abenteuer durchlebte.

Auch für unseren dritten Iny-Lorentz-Roman wählten wir eine Hosenrolle. Während unsere Kastratin Giulia Fassi für einen Chorknaben gehalten worden war und diese Rolle dann weiterspielen musste, so musste Lea, unsere Goldhändlerin, nach einem Pogrom sich und die Überlebenden ihrer Familie retten. Sie übernahm die Identität ihres ermordeten Bruders und wurde zu Samuel, Sohn des Jakob Goldstaub.

Für diesen Roman schien eine Recherchereise unumgänglich, was uns vor gewisse Probleme stellte, da wir beide zu dem Zeitpunkt noch fest angestellt und daher auf unsere Urlaubstage angewiesen waren. Doch zum Glück half uns auch hier unsere Schwarzwaldreise weiter. Dort waren wir auf ein nahezu kreisrundes Tal mit einem kleinen Marktflecken in der Mitte gestoßen. Dahinter war ein markanter Berg, von dem dichter Dunst aufstieg, sodass es aussah, als brenne es dort. Elmar hatte kurzerhand an einem Parkplatz angehalten, sich zu Iny umgedreht und gesagt: „Das hier ist die Heimat unserer Lea Goldstaub!"

Iny stimmte nach kurzem Zögern zu, denn auch ihr gefiel dieses Tal, und so wurde unsere Lea dort heimisch, obwohl wir sie ursprünglich woanders hatten ansiedeln wollen. Da wir auf dieser Fahrt noch ganz bei Marie waren, musste sich die Goldhändlerin mit ein paar Notizen bescheiden.

Als wir uns dann intensiver mit der „Goldhändlerin" beschäftigen konnten, stellten wir fest, dass es zu unserem Glück eine Fülle von schriftlichem Material gab. Und der Schwarzwald als Handlungsort war uns mittlerweile auch vertraut. Doch schienen uns noch entscheidende Zutaten zu fehlen. Denn da Lea eine junge Jüdin war, mussten wir unser Augenmerk auch auf Gegenden richten, in denen in jener Zeit reges jüdisches Leben geherrscht hatte. Dafür erwiesen sich unsere frühen Reisen und die Recherchen in und über Spanien als hilfreich. Zum Dank für die Eroberung Granadas hatten Königin Isabella und König Ferdinand gelobt, die Juden aus Spanien zu vertreiben. Ein großer Teil übersiedelte in den Maghreb und in die von den Osmanen beherrschte Levante, viele aber wandten sich nach Norden und wählten Antwerpen und Amsterdam als neue Heimat.

Damit war beschlossen: Unsere nächste Recherchereise würde uns nach Belgien und in die Niederlande führen.

Da ein Auto mit angehängtem Wohnwagen kein Rennwagen ist, wir aber angesichts unserer begrenzten Urlaubstage möglichst wenig Zeit verlieren wollten, hieß es für uns, zu nachtschlafender Zeit aufzustehen und loszufahren, um am Abend in Belgien zu sein. Wir hatten uns entschlossen, einen Campingplatz anzufahren, von dem aus wir sowohl Antwerpen wie auch Brügge und Ostende gut erreichen konnten. Außerdem hatte Elmar die Idee aufgebracht, dass wir vielleicht einen Tag für einen kurzen Abstecher per Fähre nach England nutzen könnten.

Der Campingplatz war gepflegt und gut ausgestattet. Aufgrund der Nähe zu den Niederlanden war er fest in holländischer Hand. Offenbar waren dort Schulferien, denn es waren zahlreiche Jungs und Mädchen unterwegs, wobei Erstere mit Begeisterung Fußbälle zwischen die Wohnwagen droschen. Als der erste Ball gegen unsere Wohnwagenwand klatschte, schimpfte einer der Väter, und die Jungs verzogen sich fürs Erste.

Wir waren aber nicht gekommen, um auf dem Campingplatz zu sitzen und darauf achtzugeben, dass unser Wohnwagen nicht als Tor missbraucht wurde. Deshalb starteten wir bereits am ersten Morgen in aller Frühe Richtung Antwerpen. Klug geworden durch die Erfahrungen in Straßburg wählten wir ein Parkhaus, schrieben uns Straße und Hausnummer auf und zeichneten es auch noch in unserem Stadtplan ein.

Unser Interesse galt vor allem den alten Teilen der Stadt mit dem jüdischen Viertel. Auf unseren Streifzügen entdeckten wir einige verborgene Winkel, aßen in einem koscheren Restaurant zu Mittag und beobachteten den Trubel um uns herum. Nicht wenige männliche Bewohner dieses Viertels trugen Hüte und lange Schläfenlocken, und wir mussten uns zwingen, die Leute nicht zu interessiert anzustarren. Anschließend besichtigten wir die alte Burg, die Het Steen genannt wird, bewunderten mehrere Kirchen und bummelten über den Marktplatz.

Da die Stadt stark von der Seefahrt geprägt ist, setzten wir uns in ein Ausflugsschiff und unternahmen eine Bootsfahrt auf der Schelde. Doch wie wir es auch drehten und wendeten – trotz zahlreicher interessanter Eindrücke und schöner Bilder sprang der Funke einfach nicht über, wir konnten uns nicht vorstellen, dass unsere Lea wirklich hier gewesen sein könnte.

Kurzerhand strichen wir die geplante zweite Fahrt nach Antwerpen und nahmen uns am nächsten Tag Ostende vor. Iny hat eine Vorliebe für alte Badeorte und war daher selig! Auch die Sint-Petrus-en-Paulus-Kerk und das Segelschiff *Mercator* beein-

*Unser erstes Wohnwagengespann auf dem Campingplatz Ockenburgh in Kijkduin.*

druckten uns. Wir genossen gebratenen Fisch an einem Verkaufsstand am Hafen und ließen unseren Ostende-Aufenthalt in einem Café im obersten Stockwerk des höchsten Gebäudes der Stadt ausklingen. Zuvor hatten wir noch in Erfahrung gebracht, um welche Zeit die Fähre von Ostende nach Ramsgate abgehen würde, und beschlossen, am übernächsten Tag dorthin zu fahren.

Der nächste Tag gehörte Brügge. Wir bewunderten die viele hundert Jahre alten Häuser und folgten den Ratschlägen unseres Reiseführers zu etlichen Sehenswürdigkeiten wie dem großen Markt, dem Belfried und dem Rathaus. Die Kultur war uns trotz der sichtbaren Einflüsse fremder Völker noch recht vertraut. Die Stadt ist ebenfalls von der See und der Schifffahrt geprägt, wobei uns vor allem die Zeit interessierte, in der Brügger Kaufleute von Seebrügge aus in die Welt hinausgefahren waren. Unsere Lea konnten wir uns gut in der Stadt vorstellen. Noch aber stand unsere Recherche in Amsterdam an, und erst danach wollten wir die Entscheidung treffen.

Bevor es weiter in das Land der Tulpen und des Goudakäses ging, hieß es wieder einmal sehr früh aufstehen, um rechtzeitig nach Ostende zum Fährhafen zu kommen. Dort stellten wir unser Auto ab, erwarben zwei Fahrscheine nach Ramsgate und gingen an Bord. Streng genommen war dieser Ausflug eine Schnapsidee, hatten wir drüben in England doch gerade einmal fünf Stunden Zeit, bevor wir schon wieder an Bord sein mussten, um nach Ostende zurückzufahren. Uns ging es jedoch vor allem um die Atmosphäre auf der Fähre und die Schifffahrt als solche. In jenen Zeiten nahmen wir jede Möglichkeit wahr, um an Bord eines Schiffes zu gelangen: Jedes Mal, wenn wir an der deutschen Nordseeküste campten, unternahmen wir einen Ausflug nach Helgoland, und von Ostende oder Hoek van Holland aus ging es einige Male nach Dover, Ramsgate oder Harwich. Neben vielen anderen Gemeinsamkeiten teilen wir beide auch die Leidenschaft für das Meer und für Schiffe. Dies spiegelt sich in vielen unserer Romane wider. Zwar befanden wir uns nun auf moderneren Schiffen als jene, auf die wir unsere Protagonisten setzen, doch die Stimmung von Wellen und Wind und der Geruch von Salzwasser dürften ähnlich gewesen sein.

An diesem Tag brachte uns die Fähre nach Ramsgate. Dort ging es vom Hafen direkt mit dem Lift nach oben in die Stadt, wo wir uns einen Schaufensterbummel gönnten. Damit wir auch etwas Geld für Einkäufe hatten, falls uns etwas in die Nase biss, wechselten wir bei der Royal Mail ein paar Scheine gegen englische Pfund. Davon kauften wir Ansichtskarten, die wir sogleich schrieben und verschickten. So mancher Empfänger wird sich gewundert haben, wie wir nach England gelangt sind.

In einem Stadtpark fiel uns eine Gruppe von Mädchen in Schuluniform auf. Erst auf den zweiten Blick bemerkten wir, dass die Kleider alt und verschlissen wirkten. In Deutschland hätte kaum ein Kind so etwas angezogen, aber in merry old England herrschen offenbar andere Gesetze. Jahre später trafen wir während einer längeren Großbritannien-Reise auf einem Campingplatz bei Bath auf eine junge, hochschwangere Engländerin, die verzweifelt versuchte, ihr Zelt aufzustellen, und dankbar war für Elmars Hilfe. Damals fragten wir uns, aus welchem Grund sie in diesem Zustand noch Zelten ging. Auch als wir englische Kinder in Schuluniformen aus zelten kommen und zum Bus gehen sahen, wunderten wir uns zunächst nur. Erst viel später erfuhren wir, dass alleinstehende, wohnungslose Frauen – auch solche mit Kindern – von den Behörden Gutscheine für ein Zelt und die Campingplatzgebühr in die Hand gedrückt bekamen.

Während wir durch Ramsgate schlenderten, bekamen wir Hunger. Da sich unsere Pfundvorräte bereits dem Ende zuneigten, beschlossen wir, nur eine Kleinigkeit zu uns zu nehmen und später auf der Fähre, wo wir mit belgischen Francs bezahlen konnten, zu Abend zu essen. Wir wählten ein Café im ersten Stock eines alten, krummen Fachwerkhauses. Es gab ausgezeichneten Tee und – vor allem von Iny heiß begehrt – echten Carrot Cake. Wir genossen unseren köstlichen Imbiss und waren uns auf dem Rückweg zum Hafen einig, dass sich dieser Ausflug für uns gelohnt hatte.

Mittlerweile ist die Fährlinie von Ostende nach Ramsgate eingestellt worden. Der Aufzug, den wir damals benützten, funktioniert seit Jahren nicht mehr, und die Zeit, in der die Stadt als einer der Cinque Ports des englischen Königreichs von großer Bedeutung war, ist längst Geschichte.

Am nächsten Tag brachen wir samt Wohnwagen Richtung Norden auf. Nach entspannter Fahrt erreichten wir schon bald den Campingplatz Gaasperplas in Amsterdam und waren angenehm überrascht. Er liegt am Stadtrand und eignet sich daher auch wunderbar für Touren ins Umland. Direkt daneben befindet sich eine U-Bahn-Station, sodass das Stadtzentrum in weniger als einer halben Stunde zu erreichen ist. Für einen städtischen Campingplatz ist er erstaunlich sauber und landschaftlich sehr schön angelegt.

Wir waren bereits ein paar Jahre zuvor in Amsterdam auf einer Art Museumstour gewesen. Bei dem damaligen Besuch einer Ausstellung im Schifffahrtsmuseum wurde der Grundstein für einen weiteren äußerst erfolgreichen Iny-Lorentz-Roman gelegt, den „Dezembersturm", der allerdings erst gut zehn Jahre später das Licht der Welt erblicken sollte.

Bei diesem Besuch der niederländischen Hauptstadt lag das alles noch in ferner Zukunft. Und doch empfanden wir sofort eine starke Verbundenheit mit der Stadt. Vom ersten Moment an bezauberte uns die einzigartige Atmosphäre der alten Kaufherrenhäuser an den Grachten und der zahllosen Brücken. Als wir durch Nebengassen streiften, gerieten wir auch in nicht ganz so respektable Teile der Stadt. Da waren zum einen jene kleinen, tiefer liegenden Räume, hinter deren Fenstern sich Frauen in sehr knapper Kleidung die Zeit durch Stricken oder Lesen vertrieben. Gehört hatten wir bereits davon, doch war es etwas ganz anderes, mit eigenen Augen zu sehen, wie offen hier der Prostitution nachgegangen wird. Im Vergleich zum Straßenstrich, der in etlichen Städten unseres Landes betrieben wird, dürfte es für die Frauen trotzdem eine gewisse Erleichterung sein, nicht in Kälte und Regen herumstehen zu müssen. Angenehm ist so eine Selbstausstellung aber gewiss nicht.

In einem anderen Teil der Altstadt gab es etwas zum Schmunzeln. Ein Arbeiter wollte einen mit Bauschutt gefüllten Container auf einen kleinen Lkw laden, doch dieser war so schwer, dass es das Fahrzeug vorne in die Höhe hob. Der gute Mann versuchte es mehrere Male, bis er aufgeben musste. Wenn er mittlerweile kein kräftigeres und vor allem schwereres Fahrzeug hat auftreiben können, steht der Container wohl heute noch dort …

Auf unserem weiteren Weg gerieten wir in eines der Problemviertel der Stadt. Die Häuser wirkten verwahrlost, und als wir in einer Ecke einen Mann entdeckten, der ein brennendes Feuerzeug unter einen Löffel hielt, begriffen wir, dass zwar die Dam, die Damrak und das königliche Schloss von der geografischen Entfernung her nicht weit entfernt waren, aber gefühlt doch am anderen Ende der Welt liegen mochten.

Wir kauften noch ein und kehrten dann zum Campingplatz zurück, wo wir bei einem einfachen Abendessen unser weiteres Programm planten. Den nächsten Tag wollten wir ganz dem Jüdischen Historischen Museum widmen.

Wir fuhren so früh in die Innenstadt, dass wir beim Öffnen des Museums bereits vor der Tür standen, denn wir wollten möglichst viele Aspekte jüdischen Lebens in der von uns ins Auge gefassten Epoche kennenlernen. Da wir einige Teile des Museums sogar mehrfach aufsuchten, vergingen etliche Stunden, bis wir unseren Rundgang beendeten. Danach verweilten wir noch geraume Zeit im Museumsshop, wo wir Bücher in deutscher Sprache erstehen konnten, die uns bei der Recherche später sehr geholfen haben.

Noch ganz im Bann der vielfältigen Eindrücke verließen wir das Museum am späten Nachmittag und bemerkten erst jetzt, wie hungrig wir waren. In einem unserer Reiseführer war ein Pannekoekenhuis empfohlen worden, und wir machten uns auf den Weg dorthin. Doch zunächst gerieten wir in Dantes Inferno. Als Landfremde, die sich zudem mehr für die Vergangenheit der Niederlande als für die Gegenwart interessierten, war uns vollkommen entgangen, dass an diesem Tag der Königinnentag begangen wurde – und so fanden wir uns plötzlich inmitten der Festlichkeiten wieder.

Die Niederländer gelten im Allgemeinen als nüchternes Volk. Doch wenn sie feiern, dann umso ausgelassener. Anders gesagt: Sie lassen dann nicht nur die berühmte Sau, sondern einen gan-

zen Schweinestall heraus. Um uns herum steppte der Bär. Massen
an Menschen in orangefarbenen T-Shirts, ebensolchen Hüten,
Mützen oder Plastikkrönchen, mit orangefarbenen Luftballons,
Fahnen und Bändern drängten sich an den Grachten entlang, sodass auf Hunderte von Metern kaum eine Stecknadel zu Boden
hätte fallen können.

Wer nun denkt, dass nur die Straßen voll waren, der irrt. Auf
den Grachten ballten sich alle Arten von Booten so dicht an dicht,
dass man das Wasser trockenen Fußes hätte überqueren können.
Irgendwo dazwischen fiel uns ein Schiff der Wasserschutzpolizei
auf, das von den anderen Booten regelrecht eingekesselt worden
war. Die Beamten hätten nicht einmal einem Boot fünf Meter
weiter helfen können. Diese Polizisten waren allerdings die Einzigen, die den Eindruck machten, dass ihnen nicht zum Feiern
zumute war. Wahrscheinlich vertrauten sie darauf, dass bei der

*Im Freilichtmuseum Zaanse Schans in Zaanstad.*

Enge kaum einer über Bord fallen konnte, ohne im Nebenboot zu landen. Uns hingegen erschien die Gefahr größer, dass Boote untergehen könnten. Die meisten waren überfüllt und wiesen nur noch wenige Zentimeter Freibord auf.

Wir hatten unsere eigenen Probleme, denn wir waren auf das eine Ende der Gracht gestoßen, und das von Elmar ausgesuchte Pfannkuchenhaus befand sich, wie wir anhand der Hausnummern feststellen konnten, am anderen Ende. Uns blieb daher nichts anderes übrig, als ebenfalls ein Teil dieser hin und her wogenden, amorphen Masse zu werden und zu hoffen, unserem Ziel Schrittchen für Schrittchen näher zu kommen.

Wir konnten uns zudem nahezu nur mit Handzeichen verständigen, denn auf fast jedem Boot wummerte ein Ghettoblaster, und auf den größeren spielten sogar Bands. Auch auf den Brücken standen Musiker, und die Wege dazwischen wurde durch weitere Ghettoblaster belärmt. Ein Durchkommen war nur durch elegantes Schlängeln möglich. Unterwegs wurde in Hauseingängen orangefarbener Likör verkauft und entsprechend konsumiert. Aus schierer Verzweiflung kippten wir schließlich auch einen und kämpften uns dann mit frischer Energie weiter durchs Gedränge.

Wie lange wir gebraucht haben, hätten wir hinterher nicht zu sagen vermocht. Irgendwann spuckte uns die Masse Mensch am Zugang des Pfannkuchenhauses aus, und wir waren gerettet. Da die Bewohner ziemlich geschlossen im Freien feierten, war es im Lokal angenehm ruhig, und wir konnten endlich verschnaufen. Die Pfannkuchen schmeckten tatsächlich ausgezeichnet und söhnten uns mit dem einen oder anderen blauen Fleck aus, den wir uns eingefangen hatten. Leider konnten wir nicht ewig bleiben, sondern hatten danach das Vergnügen, uns durch die enthemmte Menge bis zum Bahnhof durchkämpfen zu müssen. Als wir schließlich auf den Campingplatz zurückgekehrt waren, beschlossen wir, den nächsten Tag etwas geruhsamer zu verbringen, um uns vom Königinnentag zu erholen.

Ein, zwei Jahre später hätten wir unsere Laptops herausgenommen und geschrieben. Doch auch damals hatten wir nicht die Ruhe, einfach auf dem Campingplatz zu bleiben und Däumchen zu drehen. Daher stiegen wir am Tag darauf doch wieder ins Auto und fuhren nach Egmond aan Zee, um zu sehen, was sich dort seit unserem ersten Besuch vor einigen Jahren wohl verändert hatte.

Das Dorf war gewachsen, die Parkplätze an der Uferpromenade kosteten mittlerweile Geld, und im Ort selbst herrschte in etlichen Straßen Halteverbot. Kostenloses Parken war nur weit außerhalb des Zentrums möglich. Daher bezahlten wir zähneknirschend für einen Parkplatz an der Uferstraße und wanderten auf unseren eigenen Spuren durch Egmond aan Zee. Kathinka Lannoy war mittlerweile leider verstorben, sodass uns nur ein kurzes Gedenken blieb.

Auch wenn sich in dem Ort manches geändert hatte, eines war gleich geblieben: die Qualität der Pfannkuchen in dem Lokal, das wir schon bei unserem ersten Aufenthalt kennengelernt hatten. Allein dafür hatte sich der Ausflug nach Egmond aan Zee gelohnt. Trotz des spürbar gewachsenen Tourismus war er ein wohltuender Ausgleich zu dem Remmidemmi am Vortag. Bevor wir zum Campingplatz zurückkamen, besuchten wir noch das Seeaquarium in Bergen aan Zee und tranken im angeschlossenen Café einen Tee.

Der nächste Tag galt der Recherche. Dabei ging es uns nicht allein um die Goldhändlerin, sondern wir wollten auch Anregungen für weitere Romane sammeln. Wir fuhren zur Zaanse Schans, einem der größten und schönsten Freilichtmuseen der Niederlande. Wir kannten es bereits von unserer ersten Reise in diese Gegend, doch diesmal konnten wir sehr viel gezielter vorgehen. Da es auch Vorführungen alten Handwerks gibt, war es für uns doppelt lohnend. In einem der alten Läden irritierte Elmar allerdings die Verkäuferin, indem er Kaneelstangen verlangte. Die

Frau hatte uns als Deutsche erkannt und brauchte einen Moment, um zu begreifen, dass er in seinem deutschen Satz den niederländischen Ausdruck für Zimt, nämlich Kaneel, verwendet hatte.

Zwar haben wir uns in der Zaanse Schans keine Klompen gekauft, aber zugesehen, wie Holzschuhe gefertigt werden, und erfahren, wie sie getragen wurden. Socken waren in früheren Zeiten bei jenen, die sich nur Holzschuhe leisten konnten, eher die Ausnahme denn die Regel. Man verwendete Fußlappen, und damit die Füße festsaßen, aber auch geschützt wurden, stopfte man zusätzlich ein wenig Heu in die Holzschuhe.

Auf den Geschmack gekommen, steuerten wir am nächsten Tag das Zuiderzeemuseum in Enkhuizen an. Etwas kleiner als die Zaanse Schans bietet es einen guten Überblick über das Leben an der See in früherer Zeit. Immerhin ist die Zuiderzee erst im zwanzigsten Jahrhundert durch den Abschlussdeich von der Nordsee abgetrennt worden. Zu den Zeiten, in denen unsere Heldin Lea ihre Abenteuer erlebte, fuhren die Handelsschiffe von Amsterdam über die Zuiderzee ins offene Meer hinaus.

Auch in diesem Freilichtmuseum wurde alte Handwerkskunst präsentiert, und die Vorführenden schienen stolz darauf, uns ihre Kunst zeigen zu können. Damals fiel uns besonders der Unterschied zu den Museen in Deutschland auf, die meist schlichte Ausstellungen waren, in denen zwar die Exponate gezeigt wurden, es aber kaum Informationen gab, wie sie im neuen Zustand ausgesehen haben mochten, geschweige denn, wie sie angefertigt wurden. Mittlerweile hat sich dies Gott sei Dank ein wenig geändert, und auch unsere Museen sind informativer geworden. Damals aber war es noch die Ausnahme, und so war es für uns immer ein Hochgenuss, Museen im Ausland besuchen zu können.

Nun blieb uns nur noch ein Tag in den Niederlanden, den wir für eine kleine Rundreise durch Nordholland nutzten, wo wir die Insel Marken, den Ort Volendam und die Stadt Alkmaar mit ihrem Käsemarkt besuchten. Dieses recht typische Touristenprogramm empfanden wir als sehr entspannend und genossen die vielfältigen Eindrücke dieses sympathischen Landes und seiner herzlichen Bewohner.

Am nächsten Morgen galt es, den Wohnwagen anzuhängen und die Heimreise anzutreten. Oder, wie Elmar in Erinnerung an die Fernsehserie „Raumpatrouille – Die Abenteuer des Raumschiffs Orion" zu sagen pflegt, den Rücksturz zur Erde. Wir nahmen eine Unmenge an wertvollen Informationen und Eindrücken und etliches an Recherchematerial mit – und waren voller Optimismus, nun unsere „Goldhändlerin" so schreiben zu können, wie wir es uns vorstellten.

Erwähnt sei noch, dass uns die anfangs erwähnte Fußball spielende Jugend ein ordentliches Ei ins Nest gelegt hatte. Offenbar war in unserer Abwesenheit ein Ball in eines der vorderen Fenster geschossen worden – was einen Riss quer über die äußere Fensterscheibe nach sich zog, sodass wir nach unserer Heimkehr das Fenster auswechseln lassen mussten.

# 8.
# Roland Fischkopf

Während der Vorarbeit für „Die Goldhändlerin" war uns klar geworden, dass es eine männliche Hauptfigur geben musste, der
Lea zunächst wenig Sympathie entgegenbringt. Zunächst trug
sie schlicht den Namen Roland. Bald entschieden wir, dass er der
Nachkomme sephardischer Juden aus Spanien sein sollte, während Lea zu den mitteleuropäischen Aschkenasim zählte. Auch
wenn beide Gruppen jüdischen Glaubens waren, gab es doch
Unterschiede in der Kultur und den Gebräuchen. In Spanien
geboren und aufgewachsen, hatten Roland und seine Eltern die
Heimat verlassen und sich in einer fremden Stadt in einem fremden Land eine neue Heimstatt schaffen müssen. Doch dieser Ort
war für unsere Geschichte zunächst kaum zu greifen. Jedes Mal,
wenn wir dachten, wir hätten die richtige Stelle gefunden, stießen wir auf eine Stadt, die sich besser dazu zu eignen schien. In
den aus Amsterdam mitgebrachten Unterlagen war Elmar dann
auf einen Hinweis gestoßen, der uns die Entscheidung schließlich leicht machte – unser Protagonist Roland wurde in Hamburg
heimisch.

   In der Hansestadt hatten nämlich zahlreiche aus Spanien ge-
flohene Juden gut einhundert Jahre lang als angebliche Christen
leben müssen, bevor sie sich wieder offen zu ihrem Glauben be-
kennen konnten. Diese waren zumeist wohlhabende Händler
und mieden schon aus Selbstschutz den Kontakt zu ihren asch-
kenasischen Glaubensbrüdern in den Vorstädten, die, arm, wie
sie waren, ohnehin kaum der adäquate Umgang für die Herren
aus dem Kaufmannsstand zu sein schienen.

   Elmars Idee, Roland nach Hamburg zu verfrachten, brachte
diesem den Spitznamen Fischkopf ein und uns eine weitere Re-

cherchereise. Hätten wir es eher gewusst, hätten wir Hamburg als dritte Station unserer Reise nach Antwerpen und Amsterdam einplanen können. Von Amsterdam aus wären es keine vierhundert Kilometer bis Hamburg gewesen. Nun lag die doppelte Strecke vor uns.

Aber es war nun einmal, wie es war, und so packten wir ein paar Monate später erneut unseren Wohnwagen. Angesichts der weiten Strecke legten wir eine Zwischenübernachtung ein und erreichten einen Tag später einen in der Nähe von Hamburg gelegenen Campingplatz. Von dort waren es nur ein paar Kilometer zur S-Bahn, die uns bis in die Innenstadt brachte.

Im Vorfeld hatten wir uns etliche Stätten ausgesucht, die wir unbedingt ansehen wollten, und mehrere Museen, in denen wir uns Informationen für unseren Roman erhofften. Doch wie immer hatten wir auch einige Museen und Sammlungen auf unserer Liste, die nichts mit unserem Romanprojekt zu tun hatten, aber uns grundsätzlich interessierten, so besuchten wir neben dem Museum für Hamburger Geschichte auch das Museum der Arbeit, das Hafenmuseum und das Hamburg Dungeon. Auch die imposanten Museumsschiffe *Rickmer Rickmers* und *Cap San Diego* besichtigten wir, obwohl diese nicht unbedingt in die Zeit unserer Lea Goldstaub passten.

Iny wollte unbedingt auch Hagenbecks Tierpark aufsuchen. Es gibt ja die amüsante Geschichte, dass der Fischhändler Gottfried Hagenbeck von ein paar Fischern lebende Seehunde erhielt, weil sie ihm laut Vertrag auch ihren Beifang abliefern mussten. Da sich die Seehunde im Netz gefangen hatten, gehörten sie dazu. Hagenbeck wusste mit den Seehunden nichts anzufangen, so stellte er sie kurzerhand aus – und daraus wurde im Lauf der Jahre der große Zoo. Seehunde quasi als Gründungsmitglieder des Tierparks – das passte nach unserer Ansicht gut zu Hamburg.

Da beim großen Stadtbrand 1842 ein erheblicher Teil der Hamburger Altstadt in Flammen aufgegangen war, mussten wir uns mit den Modellen im Stadtmuseum behelfen und verdanken diesen zumindest einen Eindruck davon, wie eine Kaufmannsfamilie Ende des fünfzehnten Jahrhunderts gelebt haben muss. Bei einer späteren Recherchereise in die Hansestadt gelang es uns sogar, einen Originalstadtplan aus dem Jahr 1810 zu erwerben, der eine wertvolle Hilfe für ein zukünftiges Romanprojekt geworden ist. Dessen Heldin wird eine echte Hamburger Deern sein.

Doch zurück zu Roland Fischkopf – oder Orlando Cabeza de Pez. Da nun seine Heimatstadt feststand, konnte Elmar loslegen und den Rohtext entwerfen. Der Roman um Lea und Roland trug damals noch den Arbeitstitel „Die Jüdin Samuel Goldstaub". Im Verlag wurde später „Die Goldhändlerin" daraus, womit wir sehr gut leben können.

Da uns Lianne darauf hingewiesen hatte, dass Verlage zu umfangreiche Manuskripte bei Anfängern nur ungern sähen, verzichtete Elmar schweren Herzens auf einige Szenen und beendete den Roman knapp vor der als maximal genannten Seitenzahl. Nun hieß es gespannt auf das Urteil der Agentur warten.

Schon wenige Tage später rief Lianne uns an und bat uns mit Nachdruck, unbedingt noch ein Kapitel zu ergänzen, damit die Leser (und damit meinte sie nicht zuletzt sich selbst) erfuhren, ob Lea nun einen Jungen oder ein Mädchen zur Welt gebracht habe. Dem kamen wir gerne nach, und so konnte Elmar seine Wunschszene doch noch einbauen. Danach war der Roman zwar länger als vorgegeben, aber das schien niemanden mehr zu interessieren. Hauptsache, es war geklärt, ob das Kleine – symbolisch gemeint – mit einem blauen oder einem rosa Strampelanzug in die Wiege gelegt worden war.

# 9.
# Die Wanderhure
# wandert weiter

Während Iny mit der Feinarbeit an der „Goldhändlerin" be-
schäftigt war, nahm Elmar unseren nächsten Roman in Angriff,
den wir bereits geplant und vorbereitet hatten. Es handelte sich
um „Die Fürstin", die von Knaur dann unter dem Pseudonym Eric
Maron herausgebracht wurde, bis sie 2016 endlich den ihr zuste-
henden Platz unter den Iny-Lorentz-Romanen einnehmen durfte.
Ein paar seiner Schauplätze hatten wir schon im Rahmen einiger Kurzreisen besucht, zudem hatte Elmar etliche Sachbücher
durchgeackert, sodass er mit dem Manuskript loslegen konnte.

In diesen arbeitsamen Tagen erhielt Iny an einem Freitag-
nachmittag einen Anruf von unserer Agentin Lianne. Einer von
uns beiden müsse unbedingt noch am selben Tag in die Agentur
kommen, denn es gäbe Wichtiges zu besprechen. Das Opfer war
Elmar, der wegen seines Schichtdienstes in dieser Woche früher
Feierabend hatte als Iny. Gespannt fuhr er mit S- und U-Bahn
zur Agentur, wo bis auf die Chefin schon alle ins Wochenende
gegangen waren.

Lianne fiel mit der Tür ins Haus: „Herr Wohlrath, Droemer
Knaur ist bereit, ‚Die Wanderhure' und ‚Die Goldhändlerin' anzu-
kaufen, wenn Ihre Frau und Sie bis Montag ein Exposé für eine
Fortsetzung der ‚Wanderhure' vorlegen können."

Elmar war wie vor den Kopf geschlagen und wusste zunächst
nichts zu sagen. „Die Wanderhure" war für ihn längst Vergangenheit. Inzwischen hatte er „Die Goldhändlerin" geschrieben
und einen dritten Roman begonnen. Außerdem war für ihn die

Geschichte der Marie Schärer zu Ende erzählt. Sie war rehabilitiert worden und hatte ihren Jugendfreund geheiratet. Er blieb daher zunächst eine Antwort schuldig und stieg mit einem mulmigen Gefühl in die U-Bahn nach Hause. In seinen schlimmsten Vorstellungen sah er unsere Karriere als Schriftsteller bereits beendet, bevor sie überhaupt begonnen hatte.

Nach drei Stationen blitzte in ihm ganz plötzlich ein Gedanke auf, wie es bei den Donald-Duck-Comics dem Erfinder Daniel Düsentrieb zugeschrieben wird. Bei den Recherchen für „Die Wanderhure" hatte Elmar im Rahmen der Konzilsgeschichte auch Jan Hus und den Hussiten nachgeforscht – mit der Erinnerung daran war die Idee geboren, unsere Marie in die Hussitenkriege zu schicken. Und so kam kein zweifelnder, sondern ein entschlossener Elmar nach Hause, der Iny nicht nur den Wunsch des Verlags, sondern auch gleich eine Lösung hierfür präsentierte.

Es folgte ein gesprächsintensives Wochenende, in dem wir nur wenig Schlaf bekamen. Und am Montag konnten wir mit einem gewissen Stolz unser Exposé für die Fortsetzung der „Wanderhure" in der Agentur abliefern. Wir nannten diese Forderung des Verlags später den „Elchtest für Autoren".

Unser Arbeitstitel für diesen innerhalb eines Wochenendes konzipierten Roman lautete „Die Marketenderin". Inhaltlich mussten wir allerdings eine kleine Änderung vornehmen – unsere damalige Cheflektorin meinte nämlich unverhohlen: „Herr Wohlrath, wenn Sie in diesem Roman Michel umbringen, bringe ich Sie um!" Daraufhin durfte Maries Ehemann noch eine Weile weiterleben.

Zu unserer großen Freude bekamen wir kurz darauf gleich drei weitere Verlagsverträge, nämlich für die beiden Marie-Romane und für Leas Geschichte – und das alles, bevor unser erster Roman überhaupt erschienen war. Somit hatten wir zum ersten Mal festgesetzte Abgabetermine und konnten nicht mehr wie bisher gemütlich vor uns hinschreiben. Nun spürten wir den

Druck, die Romane bis zu den genannten Terminen schreiben zu müssen, und zwar in einer Qualität, die den Verlag auch überzeugte. Später erfuhren wir von einer anderen Verlegerin, dass Verlage grundsätzlich eher in Autoren als in Bücher investieren. Denn zwar seien viele in der Lage, einen guten Roman abzuliefern, wenn sie diesen ohne Zeitdruck schreiben und feilen können. Ein nicht geringer Teil von ihnen versage jedoch dabei, den nächsten Roman auf einen bestimmten Termin hin schreiben zu müssen – doch genau darauf seien die Verlage angewiesen. Ein erster Roman bringe einem Verlag nur selten Gewinn. Erst wenn ein Autorenname etabliert sei und die Leserinnen und Leser auf den jeweils nächsten Roman warteten, werde es zum einträglichen Geschäft.

Bei einer Kollegin von uns ging das sogar noch weiter. Ihr erster Roman gefiel ihrem Lektor zwar, doch forderte er eine grundsätzliche Änderung, die den gesamten Text betraf. Dafür wurde der Autorin ein halbes Jahr zugestanden. Sie hat es bewältigt und schreibt bis heute erfolgreich.

Ein weiteres Problem traf unsere Reisen: Wir konnten diese nicht mehr über einen längeren Zeitraum planen, denn angesichts der knappen Deadlines musste alles deutlich rascher ablaufen. Da wir damals beide noch fest angestellt arbeiteten, waren wir außerdem auf unsere Urlaubstage angewiesen.

Und so lernten wir nolens volens, was es bedeutet, unter Druck recherchieren und schreiben zu müssen. Zunächst richteten wir unser Augenmerk auf die Gegend, in der Marie ihre neuen Abenteuer erleben sollte, das Grenzgebiet zwischen dem heutigen Oberfranken, der Oberpfalz und Nordwest-Tschechien. Die Überlegung, dass sie in ihre ursprüngliche Heimat zurückkehren würde, hatten wir aufgegeben, noch bevor die erste Zeile geschrieben war. Elmar ist trotz vieler Jahre unter Bayern immer noch ein überzeugter Franke und wollte sie unbedingt in seiner Heimat ansiedeln.

So führte unser Weg zunächst in die ehemalige Pfalzgrafschaft am Rhein und in deren langjährige Hauptstadt Heidelberg. Von dort aus wollten wir hinüber in das Grenzgebiet zwischen Oberfranken, Oberpfalz und Tschechien fahren.

Normalerweise übernimmt Elmar die Planung unserer Reisen. Als es Richtung Heidelberg und Kurpfalz ging, erwachte jedoch in Iny die Erinnerung an einen Roman, den sie in ihrer Jugend begeistert gelesen hatte: „Das Recht der Hagestolze – eine Heiratsgeschichte aus dem Neckarthal" spielt nicht ganz hundert Jahre nach unserer „Wanderhure", und Iny wollte unbedingt ein paar der dort genannten Burgen in Augenschein nehmen, zumal wir uns gut vorstellen konnten, die eine oder andere Szene dort spielen zu lassen.

Von unserem Campingplatz aus konnten wir alle ins Auge gefassten Ziele gut erreichen. So erkundeten wir nicht nur die Altstadt und das weltberühmte Schloss Heidelbergs, sondern durchstreiften auch Teile des Odenwalds und fuhren über den Rhein in die Pfalz. Nach der eindrucksvollen Burg Trifels bei Annweiler besuchten wir die von Iny ausgesuchten Burgen Zwingenberg, Landschaden, Dilsburg und Hirschhorn. Auch wenn wir nicht alle von innen besichtigen konnten, so sammelten wir doch eine Fülle von Anregungen und Erkenntnissen. Waldmichelbach mit seinem ebenso schönen wie originellen Rathaus ist uns als besonders eindrücklich in Erinnerung.

Iny hatten es außerdem die Neckarschleusen angetan, und sie konnte stundenlang zusehen, wie Schiffe hineinfuhren, gehoben oder abgesenkt wurden, um dann ihre Reise auf dem Fluss fortzusetzen. Während wir diesem Treiben zusahen, tauschten wir uns über unsere neuesten Ideen aus, bis sich die ersten Kapitel beinahe wie von selbst formten. Diesen Effekt haben wir später immer wieder erlebt – und genießen ihn auch heute noch. Auf Reisen können wir am besten über unsere Romane reden. Dabei müssen es nicht einmal die sein, für die wir gerade recherchieren. So entwarfen wir beispielsweise während unserer Reise durch Island nicht nur das Konzept für den Roman, der im Herbst 2020 erscheinen soll und teilweise auf dieser Insel spielt, sondern auch für „Die Wanderhure und die Nonne". Bei unseren beiden Recherchereisen durch Jordanien war es noch extremer. Beim ersten Mal recherchierten wir für den Roman, der im Herbst 2022 erscheinen soll, ergänzten gleichzeitig das Konzept für „Die Tochter der Wanderapothekerin" und entwarfen zudem den Plot des für den Herbst 2021 vorgesehenen Romans. Bei der zweiten Jordanien-Reise entwickelten wir gleich fünf Romanideen, die bis 2025 umgesetzt werden sollen. Mittlerweile wissen wir, dass es für uns auch der kreativen Gespräche wegen wichtig ist, regelmäßig auf Reisen zu gehen.

Damals an den Neckarschleusen standen wir noch am Anfang unserer Karriere. Uns war bewusst, dass es sich nun entscheiden würde: Setzten wir uns durch, oder würden wir wie so viele durch den Rost fallen? Bis heute empfinden wir es als ein großes Glück, dass wir einander haben, uns austauschen und auch gegenseitig aufrichten können. Uns wundert nicht, dass Autoren, die auf sich alleine gestellt sind, von den Anforderungen des Literaturbetriebs und den Selbstzweifeln zerrieben werden, sodass sie nicht mehr in der Lage sind, einen weiteren Roman zu schreiben.

Zum Glück zweifelten wir wenigstens nicht an unseren Ideen für den damals aktuellen Roman, dem wir den Arbeitstitel „Die Marketenderin" gegeben hatten. Der Verlag machte später „Die Kastellanin" daraus. Da wir auf dieser Reise die Laptops mitgenommen hatten, schrieb Elmar bereits unterwegs die ersten Kapitel des Romans.

Von Heidelberg aus ging es nun Richtung Osten. Der Campingplatz in Neualbenreut lag so nahe an der tschechischen Grenze, dass wir zu Fuß hätten hinübergehen können. In der Nähe befand sich ein Thermalbad, und so setzten wir uns zwei-, dreimal in die „warme Brühe", wie Elmar es nannte, um unseren Knochen etwas Gutes zu tun. Unsere Recherchefahrten vernachlässigten wir darüber allerdings nicht.

Natürlich nützten wir die Zeit in der Therme dazu, über den Roman zu reden. Und auch wenn wir an den Abenden mit einer Decke über den Beinen im Wohnwagen saßen, vor uns die Tassen, die wir aus einer Thermosflasche mit warmem Roibuschtee füllten, galten unsere Gespräche Marie und ihren Abenteuern.

Der Campingplatz war von Wäldern umringt, und die meisten Straßen, auf denen wir fuhren, waren es ebenfalls. Trotz Inys Gehbehinderung durchwanderten wir diese gewaltigen Wälder, um deren Duft zu atmen, wie auch Marie es einst getan haben konnte.

Wir besuchten Waldsassen ebenso wie Wunsiedel und durchstreiften den Felsengarten bei der Luisenburg. Die Festspiele waren vorüber, die Landschaft einsam, und kein lautes Wort anderer Spaziergänger störte uns. Wir fuhren mit der Bergbahn auf den Ochsenkopf und genossen die Aussicht vom zweithöchsten Gipfel des Fichtelgebirges. Von hier konnten wir die Lande sehen, durch die Marie mit ihrem Marketenderwagen ziehen musste, um nach Böhmen zu gelangen.

Böhmen, heute die Tschechische Republik, war dann auch das nächste Ziel. Jenseits der Städte wie Cheb (Eger) oder Sokolov (Falkenau) fühlten wir uns noch einsamer als auf unserer Seite der Grenze. Kleine, weit verstreute Ortschaften säumten unsere Wege, und wir hielten immer wieder an, um Häuser und Landschaft auf uns wirken zu lassen. Vor allem suchten wir nach Burgen, die als Vorbild für unser Sokolny aus dem Roman dienen konnten. Zwei sahen wir von Nahem an, nämlich Burg Loket (Elbogen) und Burg Vildštejn (Wildstein). Bei jeder Besichtigung formte sich in intensiven Gesprächen ein weiteres Stück des Romans, und wir gewannen immer mehr Gewissheit, auch diese Geschichte bewältigen zu können. Diese Erkenntnis feierte Elmar mit einem Zoigl, einer Bierspezialität, die es nur in der Oberpfalz gibt und deren Rezept sich, so Elmars Kommentar, seit Adams Zeiten nicht geändert habe. Trinken kann man es trotzdem, und sollte es uns wieder einmal in diese Gegend verschlagen, wird Elmar allein der Erinnerung wegen ein Glas davon leeren.

Am Ende dieser Reise hatten wir zahlreiche mögliche Schauplätze besichtigt und vieles über die Hussitenkriege gelesen. So konnten wir „Die Kastellanin" zu Ende bringen – denn auch Maries und Michels neue Heimat, das Frankenland, war uns bereits wohlvertraut.

Wie schon erwähnt, stammt Elmar aus Franken, was ihn geprägt hat, auch wenn er bereits als Kind mit seinen Eltern weiter nach Südbayern zog. Deshalb nutzen wir bis heute jede Gelegenheit, mit dem Wohnwagen in Franken haltzumachen. Bereits früh hatten wir mehrere Fahrten nach Issigau, in die Nähe von Gunzenhausen, nach Kronach, Kulmbach, Lichtenfels und Elmars Geburtsort Birkenfeld in der Gemeinde Maroldsweisach unternommen. In besonderer Erinnerung ist uns vor allem eine Reise aus der Zeit geblieben, in der Iny Lorentz noch in weiter Ferne lag. Elmar schrieb damals noch Heimatromane für den Bastei-Verlag, wobei Iny ihn nach Kräften unterstützte.

Das Ziel dieser Reise war eigentlich die Nordseeküste, genauer gesagt Schobüll bei Husum. Bereits unser erster längerer gemeinsamer Urlaub hatte uns nach Nordstrand geführt. Elmar prägte damals bei Ebbe den dummen Spruch: „Watt en Meer soll das sein?"

Da wir die Strecke nicht in einer Tour fahren wollten, planten wir einen Aufenthalt in dem Städtchen Dettelbach am Main, von dem uns unser Trauzeuge Günther vorgeschwärmt hatte.

Es ist tatsächlich ein ausnehmend hübsches Städtchen, und wir amüsierten uns köstlich über die Fachwerkhäuschen, die oben auf die Türme der alten Stadtmauer gesetzt worden waren. Auch das nahe gelegene Volkach fanden wir sehenswert. Auf unseren Fahrten durch diese Gegend durchquerten wir den kleinen Ort Schnepfenbach und fanden dessen Namen charmant. Nachdem wir auch noch das ehemalige Kloster Vogelsburg ausfindig gemacht hatten, lieferten wir uns einen regelrechten Wettbewerb im Ausdenken weiterer Dörfer mit Vogelnamen. Als wir einige Jahre später eine neue Heimat für unsere Wanderhure Marie suchten und Elmar dabei die Gegend um Volkach und Dettelbach vorschlug, erinnerten wir uns wieder an unsere „Vogeldörfer", und so gelangten Marie und Michel zur „reichsfreien Herrschaft Kibitzstein" mit ihren Nebendörfern Spatzenhausen, Habichten und Dohlenheim.

Jahre später hatten wir in Dettelbach eine Lesung und wurden von einer Schnepfenbacherin angesprochen, weil wir im Nachwort zu dem Roman ihr Dorf als Vorbild für unsere Kibitzsteiner Vogeldörfer genannt hatten. Seitdem sind wir Mitglieder des Feuerwehrvereins Schnepfenbach und freuen uns darauf, wieder einmal dorthin zurückzukehren.

Diese Reise haben wir allerdings auch eines sehr viel prosaischeren Erlebnisses wegen nicht vergessen. Während wir weiter Richtung Schobüll fuhren, tauschten wir uns intensiv über Elmars nächsten Heftroman aus. Wir fuhren gerade durch eine Baustelle mit einer einzigen Fahrspur, als hinter uns wild gehupt wurde.

Ein Blick in den Rückspiegel ließ Elmar zusammenzucken: Wir zogen eine regelrechte Rauchschleppe hinter uns her. Der Qualm stieg aus dem Motorraum auf, der Wohnwagen schien unversehrt. Doch wir konnten nicht einfach stehen bleiben, das hätte einen Riesenstau nach sich gezogen. Mit schwitzenden Händen fuhr Elmar weiter, während Iny immer wieder bange Blicke nach hinten warf, bis er endlich einen Parkplatz anfahren konnte. Zwar war dieser für die Bauarbeiten gesperrt, doch die Einfahrt erwies sich als breit genug, um das Auto samt Wohnwagen hindurchzulassen. Quasi mit dem letzten Schnaufer des Motors hielten wir an und stiegen aus. Da das Auto noch immer qualmte, kuppelten wir als Erstes den Wohnwagen ab und schoben ihn ein Stück zurück, damit wenigstens er in Sicherheit war.

Während Iny unsere Habseligkeiten aus dem Kofferraum in den Wohnwagen räumte, entriegelte Elmar vorsichtig die Motorhaube. Noch bevor er sie öffnen konnte, bogen zwei Feuerwehrautos in den Parkplatz ein. Sie hatten unsere Rauchschleppe gesehen und waren uns gefolgt. Während ein Feuerwehrmann die Motorhaube aufmachte, stand ein Zweiter mit dem Feuerlöscher bereit und sorgte dafür, dass die brennenden Kunststoffteile im Motorraum gelöscht wurden. Erleichtert bedankten wir uns bei den Männern der Feuerwehr.

Kaum waren diese verschwunden, erschien die Polizei. Zwei Beamte beäugten den Schaden und riefen danach den ADAC. Der gelbe Engel kam, warf einen Blick in den Motorraum und meinte, dass wir einen Abschleppwagen bräuchten, den er auf unsere Bitte hin verständigte. Und so diskutierten wir kurz darauf mit dem Abschlepper, wie es weitergehen könnte. Schließlich verständigten wir uns darauf, dass er uns mit dem Wohnwagen zu einem Campingplatz in der Nähe der angepeilten Werkstatt bringen sollte.

Es war ein irres Bild, als der Abschleppwagen mit rotierenden gelben Lichtern – das Auto auf der Ladefläche – und angehängtem Wohnwagen auf den Campingplatz fuhr. Wir selbst brauchten nichts tun, denn die Leute strömten herbei. Mehrere kräftige Männer beließen es nicht beim Zuschauen, sondern packten zu und schoben den Wohnwagen auf einen Stellplatz. So hatten wir unverhofft zwei Tage vor uns, an denen uns viel Zeit zum Reden blieb. Da unser Auto einen irreparablen Motorschaden davongetragen hatte, erstanden wir bei der Werkstatt einen günstigen Gebrauchtwagen, der kräftig genug war, einen Wohnwagen zu ziehen, und fuhren damit nach München zurück, um ihn anzumelden. Mit einer Verzögerung von fünf Tagen konnten wir unsere Reise an die Nordsee endlich fortsetzen.

Die Vogelnamen bei Volkach und Dettelbach blieben uns aber im Gedächtnis und sorgen dafür, dass wir auch diesen Zwischenfall nicht so schnell vergessen werden.

# 10.
# Das Vermächtnis der Wanderhure

Als nächsten Roman wählte unsere Lektorin aus unseren dem Verlag vorgeschlagenen Exposés das exotischste aus, nämlich die Geschichte einer jungen Tatarin, die in der Zeit Peters des Gro-ßen als vermeintlich männliche Geisel gefangen gehalten wird. Aufgrund unserer beruflichen und auch finanziellen Situation war an eine Recherchereise bis ins ferne Kasachstan allerdings nicht zu denken. Daher besorgte Elmar sich alles an Literatur, DVDs und alten Landkarten, was er über Kasachstan und Russ-land bezüglich Landschaft, Kultur und Geschichte in die Finger bekommen konnte. Zudem nervte er die russischen Verlage auf der Frankfurter Buchmesse, weil er dort in Büchern nach ent-sprechenden Bildern suchte, Landkarten studierte und den Ver-lagsmitarbeitern Löcher in den Bauch fragte.

Im Verlauf der Recherchen kam auch noch ein wenig Karelien dazu und etwas Sibirien, bis sich Elmar in der Lage sah, „Die Tatarin" zu schreiben, unseren ersten Roman, für den wir nicht vor Ort recherchiert hatten. Parallel dazu arbeitete Iny weiter an der „Kastellanin", unseren zweiten Band um Marie und Michel. Mitten hinein in diese intensive Arbeitsphase platzte ein Anruf unserer Agentin. „Knaur möchte, dass ihr den dritten Band der Wanderhure schreibt!"

Wir sahen uns entgeistert an. Elmar weilte gedanklich ganz in Kasachstan, wie sollten wir uns da auf die nächste „Wanderhure" einstellen? Unsere Agentin beruhigte uns. Die Termine waren so gesetzt, dass wir auf jeden Fall „Die Tatarin" zum Abschluss bringen konnten, bevor wir uns an Band drei der „Wanderhure" machten. Allerdings würde Elmar mit dem Roman zu einer Zeit beginnen müssen, die weit vor unserer üblichen Reisesaison lag. Wieder also mussten wir uns ohne Recherchereise behelfen und überlegten daher, welche Orte und Gegenden wir wählen könnten, die wir bereits kannten oder über die wir uns entsprechend informiert hatten.

„Das wäre Russland", schlug Iny schließlich vor.

„Und zurück könnte es über Istanbul gehen – oder Konstantinopel, wie es damals noch hieß", ergänzte Elmar, da wir diese Stadt bereits auf zwei Reisen kennengelernt hatten.

So kam es, dass Elmar die Zeit noch einmal um dreihundert Jahre zurückdrehte und sich nach Zar Peter dem Großen nun auch mit den Moskauer Großfürsten Vasilij I. und Vasilij II. beschäftigen durfte. Zu unserem Glück war dies ebenfalls eine bewegte Zeit in Russland, sodass wir ein ideales Setting für „Das Vermächtnis der Wanderhure" bereiten konnten.

Als der Plan für diesen Roman stand, konnte Elmar mit freiem Kopf noch „Die Tatarin" zu einem guten Ende bringen und Iny die Feinarbeit übernehmen. Dieses Buch wurde zu unserer großen Freude sowohl in Russland als auch in der Ukraine und in Polen veröffentlicht, also in den drei Ländern, in denen Schirin ihre Abenteuer erlebt hat – und die wir nicht persönlich bereisen konnten. Wir empfinden das als große Anerkennung und haben uns über die Belegexemplare dieser drei Ausgaben außerordentlich gefreut.

# Ein Camping-Exkurs

Echten Campern mag es verschroben vorkommen, wie wir Campingplätze als Standorte für unsere Recherchen nutzen. Uns geht es dabei weniger um Erholung in schöner Landschaft und das Aufladen der inneren Akkus. In erster Linie wollen wir interessante Gebäude und Plätze sehen, Museen aufsuchen, um ein Gefühl für Land und Leute zu entwickeln. Der Umstand, dass wir für unsere Recherchen unterschiedliche Gegenden aufsuchen müssen, verhindert zudem, dass wir länger an einem Ort verweilen. Unser Rekord liegt bei fünfzehn Campingplätzen auf der ersten Reise durch Skandinavien. So viele werden es wohl nie mehr werden, doch mit drei, vier Campingplätzen können wir bei den meisten der noch vor uns liegenden Reisen rechnen, obwohl auch wir mit fortschreitendem Alter immer stärker auf den Erholungswert achten.

Da unser erster Wohnwagen noch klein war, nahmen wir bei unseren ersten Reisen immer ein Vorzelt mit. Der Nachfolger war bereits größer, und unser jetziger Wohnwagen kommt auf eine Breite von zwei Meter dreißig und eine Innenlänge von über fünf Metern, was uns das Vorzelt und damit die Zeit für den Auf- und Abbau erspart.

Auch beim Kochen geht es uns mehr darum, halbwegs gesund satt zu werden, als dass wir kulinarische Köstlichkeiten auftischen. So lebten wir auf unserer ersten Skandinavien-Reise vor allem von Nudeln und gelegentlichen Fertiggerichten, die rasch in der Pfanne aufgewärmt werden können. Mittlerweile sieht unsere übliche Reiseroutine so aus, dass wir den Vormittag an den Laptops verbringen, diese dann so gegen elf Uhr hinunterfahren und zu unseren Besichtigungsfahrten aufbrechen. So zwischen zwölf und dreizehn Uhr essen wir irgendwo eine Kleinigkeit und besorgen uns auf dem Rückweg zum Campingplatz Vorräte für Abendessen und Frühstück. Wir sorgen dafür, dass immer frisches Obst – vor allem Äpfel – im Wohnwagen vorhanden ist damit unsere Ernährung nicht zu einseitig wird. Außerdem müssen wir – und das gilt besonders für Elmar – dafür Sorge tragen, dass der Zufluss an Kalorien nicht deren Abbau durch Bewegung übersteigt. Stundenlanges Arbeiten am Laptop verbraucht eben bei Weitem nicht so viel Energie, wie wenn man in der Zeit Holz hacken würde. Allerdings ist es nicht weniger anstrengend, da man sich geistig und mental voll verausgaben muss, um einen Text zu schaffen, der die Leser in seinen Bann zieht. Da wundert man sich doch, wenn man im Roman gerade einen schlimmen Schneesturm beschreibt und zusammen mit seinen Protagonisten friert und dann beim Verlassen des Wohnwagens in strahlenden Sonnenschein und sommerliche Temperaturen hinaustritt.

Vielleicht versteht man nach diesen erklärenden Worten besser, wie wir die Freude, auf einem Campingplatz in relativ freier Natur unser kleines Schneckenhaus aufbauen zu können, mit unserer Arbeit bei den Recherchen verbinden.

Wenden wir uns nun wieder dem „Vermächtnis der Wanderhure" zu. Da die Zeit drängte, begann Elmar bald mit der aktiven Arbeit an diesem Roman. Die Handlungsschauplätze in Deutschland und den Niederlanden kannten wir von früheren Reisen sowie von der Recherche für „Die Goldhändlerin" in Amsterdam. Auch Istanbul hatten wir deshalb ausgewählt, weil wir im Abstand von mehreren Jahren zweimal dort gewesen waren.

Die erste Reise war unsere Hochzeitsreise. Wir flogen im Juli, und es war nahezu unerträglich heiß. Um einem Sonnenstich vorzubeugen, besorgte Elmar sich vor Ort eine Mütze, die zu seinem Markenzeichen werden sollte – spätestens, als er in der Fotoagentur die ersten Autorenfotos machen ließ und aufgefordert wurde, die Mütze keinesfalls abzusetzen. Seitdem ist sie, wie Iny spöttisch meint, auf seinem Kopf angewachsen.

Als wir viele Jahre später zum zweiten Mal in die türkische Metropole aufbrachen, wählten wir den März als Reisemonat und rechneten mit frühlingshaftem Wetter – stattdessen erwartete uns Eiseskälte. Wie wir erfuhren, wurden in dieser Zeit in den Außenbezirken mehrere Wölfe erschossen. Die Galatabrücke wurde mehrmals wegen Glatteis gesperrt, und auf den Teichen im Topkapi-Palast schwammen Eisschollen. Das Hotel war dem zugegebenermaßen sehr günstigen Reisepreis angemessen. Da die Heizung nicht funktionierte, mussten wir in der Nacht Mantel und Anorak übers Bett legen, um nicht allzu sehr zu frieren. Zwei Frauen, Mutter und Tochter, die ebenfalls in unserem Hotel wohnten, hatten den Frühlingsvorhersagen vertraut und waren äußerst luftig angezogen. Sie erkälteten sich so heftig, dass ab dem dritten Tag die Mutter und ab dem vierten auch die Tochter nicht mehr ihr Zimmer verlassen konnten, sondern sich darin auskurieren mussten.

Unser Hotel war so hellhörig, dass wir nicht nur deren Husten und Schniefen hörten, sondern auch den nächtlichen Ehekrach anderer Nachbarn live miterleben mussten. Bedauerlicherweise handelte es sich um Deutsche, sodass wir auch noch verstanden, worüber sie sich stritten. Der Mann beschimpfte seine Partnerin, weil sie im Nachtclub mit anderen Gästen geflirtet habe. Sie hingegen warf ihm vor, zu sehr auf die Bauchtänzerinnen gestarrt zu haben, und beide behaupteten, der jeweils andere habe zu viel Geld ausgegeben.

Interessant fanden wir die Ansprache, die eine Reiseleiterin eines Morgens vor ihrer polnischen Reisegruppe im Frühstücksraum hielt. Wir können zwar kein Polnisch, aber eines haben wir verstanden: Die Frau versuchte ihren Landsleuten klarzumachen, dass sie nicht böse sein sollten, wenn sie auf der Straße von den Händlern als „Polak" angesprochen würden. Tatsächlich passierte das auch Elmar mit seiner Mütze und dem Schnauzbart. Ihn fragten die verkaufstüchtigen Herren nur selten, ob er ein „Alman" wäre, sondern sprachen ihn meistens als „Polak" oder „Magyar" an.

Trotz der Kälte waren wir ständig unterwegs. Der Minibüs, ein Kleinbus als öffentliches Verkehrsmittel, brachte uns von der alten Stadtmauer Konstantinopels bis zur Spitze der Halbinsel mit ihren Sehenswürdigkeiten. Die Bosporusfähren fuhren nicht nur auf die asiatische Seite der Stadt, sondern auch über das Marmarameer bis nach Yalova und zu den Prinzeninseln. Bei diesem Ausflug leisteten wir uns in einem Anfall von Verschwendungssucht sogar eine Kutschfahrt auf dem Inselchen Büyükada.

Zu schätzen lernten wir auch den Tünel, jene wie eine gegenläufige Seilbahn funktionierende U-Bahn, die jenseits des Goldenen Horns vom Ufer bis hoch in die Nähe des Galataturms fuhr. Das dortige Lokal suchten wir gleich mehrfach auf. Denn da es weit genug vom Vergnügungsviertel um den Taksim-Platz wie auch den Touristenmagneten der Altstadt entfernt lag, war das Essen dort bei sehr guter Qualität recht günstig.

Als wir uns an einem Vormittag nach dem Besuch eines großen Basars nicht mehr zurechtfanden und verzweifelt nach einem Gebäude Ausschau hielten, das zumindest eine entfernte Ähnlichkeit mit den Eintragungen auf Elmars Stadtplan aufwies, stießen wir auf ein Lokal, dem wir ebenfalls nicht widerstehen konnten. In dem kleinen Raum mit nur vier Tischen mit je vier Stühlen oder, besser gesagt, vier Minitischchen mit jeweils vier Hockern wurden wir großartig versorgt. Allerdings passierte beim Bezahlen etwas, was nicht gerade ein Ruhmesblatt für Elmar ist. Er reichte dem Wirt einen Geldschein und wunderte sich dann, dass dieser darauf starrte, das Lokal verließ und erst nach gut fünf Minuten wiederkam. Elmar stieg die Schamesröte ins Gesicht, als der Mann ihm neun Eintausend-Lira-Scheine und ein paar kleinere Banknoten zurückgab. Statt einer Tausend-Lira-Banknote hatte Elmar ihm versehentlich den Zehntausend-Lira-Schein gegeben, und der machte damals einen guten Teil unseres Reisebudgets aus.

Dank der guten Verkehrsmittel erforschten wir Karl Mays „Stambul" nach Herzenslust. Wir durchstreiften die Altstadt, besuchten den Topkapi-Palast, die Hagia Sophia, die Sultan-Ahmet- und die Süyleimaniye-Moschee, fuhren mit den Bosporusfähren

*Kutschfahrt auf Büyükada, einer der Prinzeninseln im Marmarameer.*

und besichtigten alle Museen, derer wir habhaft wurden. Dabei wurde uns wieder einmal bewusst, wie sehr wir unsere Art des unabhängigen Reisens lieben: Denn während wir uns im Topkapi-Serail in aller Ruhe umsehen und uns auch einmal auf eine Bank setzen konnten, wurden die Reisegruppen rudelweise an uns vorbeigetrieben. Uns sind vor allem zwei Franzosen in Erinnerung geblieben, die einige Ausstellungsstücke fotografieren wollten. Noch bevor sie auch nur die Kameras gezückt hatten, eilte ihre Führerin herbei und peitschte sie mit einem barschen „Vite! Vite!" weiter.

In Eyüp am oberen Ende des Goldenen Horns besichtigten wir die Moschee und einen riesigen Friedhof. Nachdem wir uns für einen Toilettengang getrennt hatten, wartete Elmar zunächst vergeblich auf Iny. Schließlich machte er sich auf die Suche und entdeckte sie auf dem Platz vor den Damentoiletten inmitten einer Gruppe von Türkinnen, von denen mindestens eine bereits als

Gastarbeiterin in Deutschland gewesen sein musste. Iny wurde von ihnen mit Kichererbsen gefüttert und durfte tausend Fragen beantworten, bis endlich deren Neugier befriedigt war.

Ähnliches erlebte Elmar, als er nachschauen wollte, zu welcher Zeit die Bosporusfähren nach Anadolu Kavağı abfuhren. An der Fährstation traf er auf Einheimische, von denen einige Deutsch sprachen und ihm Auskunft geben konnten, zu welcher Zeit wir am besten fahren sollten. Rasch machte eine Flasche Raki die Runde, und es wäre unhöflich gewesen, den Trunk abzulehnen. Der Rat dieser Männer erwies sich im Übrigen als goldrichtig, denn die Fahrt den Bosporus entlang wurde zum Höhepunkt unserer Reise. Wir nahmen uns viel Zeit für die von Mehmet II. errichteten Festungen Anadolu und Rumeli Hisarı.

Damals war nicht abzusehen, dass die Erinnerungen an Istanbul für uns noch einmal so wertvoll werden würden. Nicht nur im „Vermächtnis der Wanderhure", sondern auch in „Die Tochter der Wanderapothekerin" sowie einem weiteren Roman, der frühestens 2025 erscheinen wird, haben wir die Stadt als Schauplatz verwendet.

An unserem letzten Tag in Istanbul fuhren wir erneut mit der Fähre auf die asiatische Seite der Stadt, und für die Rückkehr wählten wir eine Art Wassertaxi. Unterwegs haben wir uns gewundert, weshalb die anderen Passagiere einander so fragend ansahen. Irgendwann stand ein junger Mann seufzend auf, hielt sich mit einer Hand fest, da das Boot doch ziemlich schaukelte, und sammelte das Geld für die Überfahrt ein, um ihn dann dem Bootsführer zu übergeben. Anscheinend war es üblich, dass einer der Passagiere das Geld einsammelt und weiterreicht. Bei dem starken Wellengang während unserer Überfahrt wollte das wohl keiner tun, bis eben der Jüngste im Boot diese Aufgabe übernahm. Für Maries Reise wurde auch Venedig wichtig, wo wir zum Glück ebenfalls schon gewesen waren. Damals hatte Elmar aus einer Laune heraus den besten dortigen Campingplatz aus dem Campingführer herausgesucht. Als wir diesen nach einer guten Woche wieder verließen, meinte Iny trocken: „Bei diesem Angebot an Geschäften hätten wir – mit genug Geld auf dem Konto – in Badeanzug und Badehose dorthin kommen, eine Kreditkarte zücken und uns dort Markenkleidung, ein Auto und sogar ein Haus kaufen können."

Auch sonst war dieser Campingplatz ein Erlebnis. Um zwanzig Uhr wurde über die Lautsprecher „il silenzio" gespielt und die Campinggäste gebeten, von nun an lärmende Musik und laute Gespräche zu unterlassen und die Fernseher leise zu stellen. Wir konnten daher wunderbar schlafen. Auch die Waschräume waren ein Traum, und es stand uns eine Reihe verschiedener Restaurants mit guten Speisen zur Verfügung. An den Abenden gab es zu Inys großer Freude meistens Crêpes.

Das Wichtigste für uns waren die Tagesfahrkarten nach Venedig. Die Fahrt mit den Vaporetti ging von Punta Sabioni ab und war schon für sich genommen ein Erlebnis. In jenen Jahren war die Stadt noch längst nicht so überlaufen wie bei unseren späteren Besuchen. Daher kamen wir ohne lange Wartezeiten in den Markusdom und in den Dogenpalast und streiften tagelang durch die Stadt. Damals konnten wir noch nicht ahnen, dass Marie und etliche andere Protagonisten unserer Romane in dieser wunderbaren Stadt ihre Abenteuer erleben würden.

Aufgrund dieser Erfahrungen und mit ausreichendem Quellenmaterial versehen, konnten wir „Das Vermächtnis der Wanderhure" fertigstellen, und der Roman wurde ebenso wie seine beiden Vorgänger ein großer Erfolg. Auch „Die Goldhändlerin" und „Die Tatarin" fanden das Interesse der Leserschaft, und ehe wir es so recht begriffen, waren wir keine Anfänger mehr, sondern hatten uns als Verlagsautoren profiliert.

Dies brachte für uns eine wesentliche Verbesserung mit sich. Bis dorthin hatten wir fünf bis sechs Exposés vorlegen müssen, aus denen sich die für uns zuständige Lektorin eines oder zwei ausgesucht hat, die wir dann umsetzen durften.

Von nun an aber mussten wir ihr nur noch mitteilen, was wir planten. Nur wenn die Cheflektorin große Bedenken bei dem gewählten Thema hatte, teilte sie uns mit, dass wir uns besser etwas anderes aussuchen sollten. Auf diese Weise konnten wir uns die bis dato nötigen Vorrecherchen sparen, die wir dann doch nicht verwenden konnten, sondern uns auf unsere tatsächlichen Projekte konzentrieren.

Mittlerweile ist auch das passé. Nachdem wir nun eine ganze Reihe erfolgreicher Romane geschrieben haben, vertraut uns der Verlag genug, um uns die Themen, über die wir schreiben wollten, selbst wählen zu lassen.

Das führte allerdings dazu, dass uns unsere Lektorin einmal ganz aufgeregt fragte, an welchem Roman wir denn gerade arbei-

*Seufzerbrücke von Venedig, noch ohne Massenansturm.*

teten, da sie den Katalogtext bräuchte, dabei war der Roman damals schon so gut wie abgeschlossen. Nur mit dem Exposé hatten wir uns noch ein wenig zurückgehalten, da uns die Zeit, über die wir schreiben wollten, etwas gewagt erschien. Immerhin waren wir von unserem bis dato gewohnten Zeitrahmen vom vierzehnten bis zum achtzehnten Jahrhundert bis ins achte Jahrhundert zurückgegangen, und unsere Lektorin hatte nicht nachgefragt, wann denn dieser Roman überhaupt spielen würde. Tatsächlich gefiel er ihr, insbesondere da Ort und Zeit zu ihren Interessensgebieten zählten. Es handelte sich um „Die Rose von Asturien", die den Spanienfeldzug Kaiser Karls des Großen zum Inhalt hat. Auch wenn er nicht zu unseren erfolgreichsten Romanen zählt, kam er auf recht angenehme Verkaufszahlen und wurde für die Türkei und für Spanien, das Land, in dem er zum größten Teil spielt, übersetzt.

Nach dem „Vermächtnis der Wanderhure" waren Maries Abenteuer für uns abgeschlossen. Elmar hatte seine Trilogie schreiben können, und so wandten wir uns anderen Themen zu. Wir hatten damals eine Liste von vierundsiebzig Ideen aufgeschrieben, bei denen wir uns bedienen wollten. Diese Liste existiert noch immer, nur haben wir sie seit mehr als einem Jahrzehnt nicht mehr aufgerufen, denn die Ideen sprudeln bei uns immer noch schneller, als wir sie umsetzen können. Wir hoffen sehr, dass dies auch weiterhin so bleibt.

# 11.
# Die Wanderhure, nächste Generation

Die Wanderhure-Trilogie hat uns den Durchbruch als Autoren gebracht. Von nun an war nichts mehr wie früher. Wenn wir unsere Jugendträume und unsere Ziele zu Beginn unseres Schreibens als Profis betrachten, so haben wir diese mit dem Erfolg der Wanderhure und ihrer Folgebände bereits weit hinter uns gelassen. Auch die Romane, die wir zwischen diesen dreien geschrieben haben, verkauften sich ausgezeichnet. Trotzdem haben wir lange noch in Vollzeit gearbeitet, Elmar sogar im Zweischichtbetrieb. Hatte er Frühschicht, setzte er sich nach Feierabend an den Computer, bei Spätschicht schrieb er am Vormittag, bevor er sich kurz nach Mittag auf den Weg zur Arbeit machte. Iny arbeitete im normalen Rhythmus, konnte aber ihre Arbeitszeit durch die Gleitzeitvereinbarung in der Firma ein wenig an Elmars Arbeitszeiten anpassen. Also kam sie bei seiner Frühschicht etwas früher in die Firma, als wenn er Spätschicht hatte. Zudem nutzte sie seine Frühschicht aus, um sich noch eine knappe Stunde vor den PC zu setzen, bevor auch sie zur Arbeit ging.

Als im Jahr 2005 das Taschenbuch der Wanderhure herausgekommen war, wurde uns zum ersten Mal in Gänze bewusst, wohin sie uns gebracht hatte. Elmar hatte Spätschicht und saß am Computer, als es an der Tür schellte. Da er es hasst, beim Schreiben gestört zu werden, stieg er in nicht gerade bester Laune die Treppe hinab und öffnete die Tür. Draußen stand ein Mann mit einem Riesenkarton und behauptete, er habe einen Blumenstrauß für Klocke und Wohlrath.

Den letzten Blumenstrauß hatten wir bei unserer Hochzeit vor mehr als zwanzig Jahren erhalten. Daher schüttelte Elmar nur den Kopf. „Wir bekommen keine Blumensträuße."

„Doch! Doch! Hier! Sehen Sie?" Mit den Worten hielt der Bote Elmar einen Zettel vor die Nase, auf dem tatsächlich unsere beiden Namen standen.

Aus Gnade und Barmherzigkeit, damit der Mann den Riesenkarton nicht wieder mitnehmen musste, packte Elmar das Ding, trug es in die Wohnung und packte es aus. Es war tatsächlich ein riesiger Blumenstrauß, der nahezu den Umfang eines Wagenrads hatte. Mangels einer passenden Vase füllte Elmar einen Eimer mit Wasser und stellte die Blumen hinein. Jetzt erst entdeckte er die kleine Karte, die an dem Strauß befestigt war, und las: *Herzlichen Glückwunsch zu Platz fünf auf der Bestsellerliste!*

Kopfschüttelnd ging Elmar zum Telefon und rief Iny in der Firma an. „Wir haben eben einen Riesenstrauß Gemüse bekommen", sagte er trocken und stellte dann die Frage: „Was ist eigentlich die Bestsellerliste?"

Iny versprach, im Internet nachzuschauen, und als Elmar in der Nacht von der Arbeit zurückkehrte, konnte sie ihm mitteilen, dass es „Die Wanderhure" tatsächlich auf Platz fünf der Spiegel-Bestsellerliste für Taschenbücher geschafft hatte. Die Hardcover-Ausgabe war im Jahr zuvor ebenso wie „Die Goldhändlerin" auf die hinteren Ränge der Listen gekommen. Das hatten wir damals allerdings nur am Rande zur Kenntnis genommen.

Als Dank und Anerkennung lud uns unsere Agentin in ein angesagtes französisches Restaurant in München ein, eines jener Kategorie, von der Elmar behauptet, man müsse sich als popliger Gast vor dem Kellner verneigen, um überhaupt bedient zu werden. Unsere Bücklinge waren anscheinend nicht tief genug gewesen, denn die Herren im schwarzen Frack nahmen unsere Gruppe, zu der drei weitere Damen aus der Agentur gehörten, sehr selten und selbst dann nur widerwillig zur Kenntnis.

Bis wir unser Essen erhielten, dauerte es daher seine Zeit. Vermutlich musste es noch aus Paris herangekarrt werden. Unsere Bitten, uns Mineralwasser zu servieren, wurden bis auf eine einzige Flasche ignoriert. Den Wein brachten sie allerdings ausgesprochen rasch, vermutlich, weil daran mehr zu verdienen war als mit Wasser.

Es war ein heißer Tag, und wir hatten Durst. Iny gelang es trotzdem, sich zu beherrschen, Elmar weniger. Auch unsere Agentin wurde ... nun ja, ein wenig fröhlich. Irgendwann legte sie den Arm um Elmars Schulter und fragte: „Elmar, mein Lieber, was schreiben wir denn als Nächstes?"

Nicht mehr ganz nüchtern antwortete Elmar aus purem Jux und Dollerei: „Wenn du willst, schreiben wir dir auch die Tochter der Wanderhure!"

Zwei Tage später klingelte bei uns das Telefon. Iny nahm den Hörer ab und vernahm die Stimme unserer Agentin. Ob Elmar das ernst gemeint habe?, fragte sie. Iny hatte nicht die geringste Ahnung, was sie meinte, und holte Elmar hinzu. Da auch er nicht begriff, wonach unsere Agentin fragte, antwortete sie: „Das mit der Tochter der Wanderhure!"

Lachend meinte Elmar, das sei doch nur ein Scherz gewesen. Doch dann bekam er zu hören, unsere Agentin habe mit dem Verlag gesprochen, und der sei sehr dafür!

Wir standen da wie vor den Kopf geschlagen. Dem subtilen Druck unserer Agentin waren wir allerdings nicht gewachsen. Der Verlag wollte die Tochter der Wanderhure, sie wollte es ebenfalls – und daher hatten auch wir es zu wollen.

Für uns hieß das, wieder einmal sämtliche Pläne über den Haufen zu werfen. Dabei planen wir gerne langfristig, schon der notwendigen Recherchereisen wegen. Nun galt es also zu überlegen, was Maries Tochter Trudi alles erlebt haben könnte. Schnell war klar, sie musste in jedem Fall erwachsen genug sein, um eine Liebesbeziehung eingehen zu können. In jedem Fall brauchten

*Käppele, die Wallfahrtskirche Mariä Heimsuchung auf dem Nikolaus-berg in Würzburg*

wir einen fiesen Antagonisten und einen sympathischen Mann, der als Hauptheld in Frage kam.

Wir stießen darauf, dass zu jener Zeit mit Gottfried Schenk zu Limpurg in Würzburg ein neuer Fürstbischof an die Macht gekommen war, der anders als seine laxen Vorgänger die Rechte des Fürstbistums wahren und verlorenes Gebiet zurückgewinnen wollte. Wir konnten uns gut vorstellen, dass er nach Michels Tod auch bei Kibitzstein versuchen mochte, Rechte, die Marie und Michel von dem früheren Fürstbischof Johann von Brunn erhalten hatten, wieder einzukassieren. Damit war er ein geeigneter Gegner für Marie, allerdings noch nicht der üble Schuft, den wir als Antagonisten brauchten. Den fanden wir schließlich in Georg von Gressingen, dem früheren Verehrer von Maries und Michels Tochter Trudi.

Als historische Nebenperson bauten wir neben dem frisch geweihten Fürstbischof auch Friedrich von Habsburg ein. Dieser war nach dem Tod seines Vetters Albrecht als Friedrich III. zum neuen deutschen König gewählt worden, verfügte allerdings nur über geringe Macht, da er lediglich als Zwischenlösung betrachtet wurde.

Der geschichtliche Hintergrund war passend, zumal es in Ansbach den Markgrafen Albrecht gab, dem man nicht zu Unrecht den Beinamen Achilles verliehen hatte. Er hatte großes Interesse daran, die Macht von Gottfried Schenk zu Limpurg, dem neuen Fürstbischof von Würzburg, in Grenzen zu halten.

Wir hatten so ein weites Feld geschaffen, das wir beackern konnten. Um die Spannung zu erhöhen, plante Elmar das, was er bereits für Band zwei überlegt hatte: Er ließ Maries Ehemann Michel töten. Die scherzhafte Drohung unserer damaligen Lektorin, in einem solchen Falle Elmar umzubringen, hatte Michel zunächst das Leben gerettet. Nun aber brachte uns sein Tod das Spannungsfeld, das für diesen Roman nötig war. Damit hatten wir die Zutaten, brauchten aber noch die Töpfe, also die passenden Schauplätze für die Geschichte. Einer stand natürlich bereits fest, nämlich die Gegend um Würzburg, in die wir unser Kibitzstein und damit Maries Heimat eingepasst hatten.

Da dort der Hauptteil des Romans spielen sollte, führte uns unser erster Weg in diese Gegend, und wir wählten den Campingplatz von Sommerach zu unserem Quartier, wo wir bereits mehrfach gewesen waren. Diesmal hatten wir uns einen größeren Zeitrahmen zugebilligt als bei früheren Fahrten, denn die Liste von Orten und Sehenswürdigkeiten, die wir dort aufsuchen wollten, war lang. Uns ging es auch um lokale Überlieferungen, die uns Anhaltspunkte für den Roman geben konnten. Daher fuhren wir als Erstes nach Würzburg, besichtigten die Festung Marienberg sowie die Altstadt und – abweichend von der Zeit, in der unser Roman spielen sollte – auch die von Balthasar Neumann errichtete Residenz. Während diese erbaut wurde, soll ein missgünstiger Kollege des Baumeisters erklärt haben, er wolle sich im Main ersäufen, wenn dieses Schloss nicht sofort zusammenbräche. Neumann antwortete daraufhin, er werde in der großen Halle Kanonen abfeuern, um zu beweisen, wie fest das Gebäude stände. Das allerdings verbot der Fürstbischof. Da er auch Neumanns Gegner nicht als Baumeister verlieren wollte, erließ er diesem das finale Bad im Main, obwohl die Halle nicht einstürzte, sondern im Gegenteil heute noch steht.

Ein ausgezeichnet sortiertes Buchgeschäft lieferte uns eine Fülle an Material, darunter die Chronik von Unterfranken, die sich für uns als besonders wertvoll erweisen sollte. Nicht minder fruchtbringend waren unsere Ausflüge in die kleineren Städte und Märkte des Mainlands, darunter Kitzingen, Geroldshofen, Dettelbach, Volkach und Münsterschwarzach. Wir konnten lokale Chroniken erwerben, darunter sogar den Faksimiledruck einer Chronik aus dem achtzehnten Jahrhundert, die uns erstaunliche Einblicke bot. In diesem Werk kamen wir auch Markgraf Albrecht Achilles näher, denn ein Herr von Stand, der seiner Mätresse als Dank für geleistete Dienste den Jahresertrag eines ganzen Amtes in den Schoß schüttet, ist ein Leckerbissen für jeden Autor. In der heutigen Zeit wären das die gesamten Steuereinnahmen eines Landkreises.

Ein Besuch in Schweinfurt führte uns das nicht immer stressfreie Verhältnis der freien Reichsstadt zum Fürstbistum Würzburg vor Augen, und wir fanden auch hier Informationen, die wir für unseren Roman verwenden konnten.

In Dettelbach besuchten wir unseren Trauzeugen Günther, der sich zu dem Zeitpunkt in seiner Heimat aufhielt, unternahmen eine Schifffahrt auf dem Main und versuchten trotz eines straffen Programms unsere Pausen besonders zu genießen. So setzten wir uns oft nach einer Besichtigung in ein Café, um bei einem Latte macchiato oder einem Cappuccino und einem kleinen Imbiss über das zu reden, was wir erfahren hatten. So entwickelten sich jene Teile des Romans, die in den Landen am Main spielen, und wir tasteten uns langsam an den Mittelteil des Romans heran, in dem Trudi ihr persönliches Abenteuer erleben würde.

Unvergessen geblieben ist uns ein Kellner in einem Freischank, der im Gehen zu schlafen schien – oder zumindest sein Gedächtnis. So kam er zweimal zu uns, um die Bestellung aufzunehmen, brachte dann nur die Hälfte und musste daran erinnert werden, auch den Rest zu bringen. Doch anstatt nach dem Essen zu zahlen und zu gehen, war Elmar so verwegen, noch einen Cappuccino und ein Stück Kuchen zu bestellen. Er hätte es lassen sollen, denn er wartete vergebens. Schließlich gab er auf, und wir forderten die Rechnung. Dabei entdeckten wir, dass sowohl der Cappuccino wie auch der Kuchen darin enthalten waren. Als Elmar sich beschwerte, fiel dem Kellner siedend heiß ein, dass er vergessen hatte, das Bestellte aus dem Gastraum zu holen, und wollte dies nachholen. Elmars Lust auf mittlerweile kalt gewordenen Kaffee war allerdings gering, und auch der Appetit auf den Kuchen war ihm vergangen. So ließ er die beiden Posten auf der Rechnung streichen, zahlte, und wir zogen von dannen. In den folgenden Tagen wählten wir Lokale, in denen das Servicepersonal aufmerksamer war.

Nach unserer Rückkehr richteten wir das Augenmerk auf Trudis Reise von Kibitzstein nach Graz. Den größten Teil der Strecke kannten wir bereits, doch in Graz, wo die Hauptresidenz König Friedrichs III. gelegen war, waren wir noch nicht gewesen. Daher fuhren wir nur wenige Wochen nach unserer Fahrt nach Sommerach mit angehängtem Wohnwagen in die Steiermark.

Der Campingplatz lag nur wenige Autominuten südlich von Graz. Die Versorgung der Camper stellte ein nahe gelegener Supermarkt sicher. Dort stieß Elmar auf steirisches Kürbiskernöl. Ein aus der Steiermark stammender Kollege hatte es ihm empfohlen, und so wanderte eine Flasche in seinen Einkaufskorb. Iny betrachtete diese misstrauisch, da das Öl nicht erhitzt werden durfte und ihrer Ansicht nach nur für Salate taugte. Noch vor dem Ende des Aufenthalts in Graz war sie jedoch zur glühenden Kürbiskernöl-Anhängerin geworden, da sie dessen Wirksamkeit als natürliches Heilmittel schätzen gelernt hatte.

Wir waren allerdings nicht nach Graz gekommen, um Kürbiskernöl zu verkosten, sondern um den Spuren Kaiser Friedrichs III. zu folgen. Im Vorfeld hatte Elmar vieles über ihn gelesen und einen entsprechenden Plan aufgestellt. Wir streiften durch die Altstadt, besuchten Museen und fuhren mit dem Aufzug mehrmals zum Burghügel hoch. Aus der Zeit, über die wir schreiben wollten, sind allerdings nur noch spärliche Reste zu sehen, und so standen wir vor der Herausforderung, uns die Umgebung so vorzustellen, wie Maries Tochter Trudi sie erlebt haben mochte. Modelle von Stadt und Burg, die im Museum ausgestellt waren, halfen uns dabei ebenso wie die detaillierten Unterlagen.

Zu den Überbleibseln aus alter Zeit zählen die Mauerreste der Thomaskapelle. Nach deren Besichtigung waren wir uns rasch einig, dass dieser Kapelle eine gewichtige Rolle in unserem Roman zukommen sollte. Und so verhindert in unserem Roman Maries Tochter Trudi an dieser Stelle einen Mordanschlag auf König Friedrich III.

Der Aufenthalt in Graz lohnte sich auch noch aus einem anderen Grund: Die Stadt würde später in einem weiteren unserer Romane eine, wenn auch weniger bedeutsame Rolle spielen, nämlich in „Die Wanderhure und die Nonne". Diesen Roman haben wir erst deutlich später geschrieben, obwohl er chronologisch zwischen dem „Vermächtnis der Wanderhure" und der „Tochter der Wanderhure" spielt, um dem Wunsch unserer Fans nach weiteren gemeinsamen Abenteuern von Marie und ihrem Ehemann Michel nachzukommen. Der erste dieser drei Bände erschien als „Die List der Wanderhure", der zweite war „Die Wanderhure und die Nonne". Ein dritter Roman wird 2021 erscheinen. Nach diesen Reisen fiel es uns nicht mehr schwer, den gewünschten Roman über die Tochter der Wanderhure zu schreiben.

Doch kaum hatten wir uns danach wieder an die bereits zuvor geplanten Romane gemacht, trat der Verlag erneut mit einer Bitte an uns heran. In Maries Familie gäbe es doch noch weitere Frauen, wäre da nicht eine weitere Fortsetzung denkbar? Iny schüttelte heftig den Kopf und sagte, es gäbe nur noch eine Person, die interessant genug sei, um darüber zu schreiben, nämlich Maries Sohn Falko. Männliche Hauptpersonen hatte der Verlag bis zu diesem Zeitpunkt strikt abgelehnt, und so hofften wir, damit aus dem Schneider zu sein. Zunächst sah es auch so aus, denn die Lektorin verwarf diese Idee tatsächlich, und nun, so dachten wir, konnten wir uns wieder unseren eigenen Plänen widmen.

Doch keine zwei Tage später rief unsere Agentin Lianne an und meinte, im Verlag habe man es sich anders überlegt, und sie wollten nun doch einen Roman über den Sohn der Wanderhure haben.

„Aber unter keinen Umständen unter diesem Titel", erklärte Iny entschlossen. Nachdem es ihr gelungen war, Elmar mit ein paar Eimern Wasser wieder aus seiner Ohnmacht zu wecken, musste sie allerdings noch ihre gesamte Überredungskunst aufwenden, um ihn dazu zu bringen, den Gedanken an einen Roman über Falko Adler überhaupt ins Auge zu fassen. Und so schlug die Geburtsstunde für die „Töchter der Sünde".

# 12.
# Töchter der Sünde

Einen für sich stehenden Roman zu schreiben ist sehr viel einfacher als den vierten oder gar fünften einer Reihe, bei dem man weitaus mehr auf die internen Zusammenhänge achten muss und sich keine Widersprüche zu früheren Bänden leisten darf. Dabei müssen die Romane dennoch möglichst unterschiedlich sein. Denn wenn sie einander zu sehr ähneln, langweilt es die Leserinnen und Leser, und sie sagen sich: So etwas habe ich doch schon im letzten oder vorletzten Band gelesen. Insofern bedeutete jeder neue Wanderhure-Roman eine Herausforderung, die über jeden Einzelroman hinausgeht. Andererseits sind Herausforderungen dazu da, sich ihnen zu stellen.

Nachdem wir Marie in drei Abenteuern bis an ihre Grenzen gebracht hatten und dann ihre Tochter Trudi durch die Lande geschickt hatten, war es ungewohnt, sich auf eine männliche Hauptperson einstellen zu müssen. Auch hier brauchten wir wie für jeden guten Roman zunächst einmal einen kräftigen Schuss Dramatik, tiefe Gefühle sowie einen geeigneten Widersacher. In langen Gesprächen schälten sich langsam die wichtigsten Nebenpersonen des Romans heraus. Dabei wurde uns zudem rasch klar, dass Falkos Abenteuer nicht nur um Kibitzstein herum angesiedelt werden durften. Diese Gegend hatten wir mit dem „Vermächtnis der Wanderhure" und der „Tochter der Wanderhure" ausgereizt. Doch ganz außer Acht lassen durften wir das Würzburger Land nicht und entwickelten daher einen Nebenstrang, in dessen Mittelpunkt Marie und ihre Töchter stehen sollten.

Falko hingegen musste auf Reisen gehen. Die Frage war nur, wohin und zu welchem Zweck? Hier kam der König und baldige Kaiser Friedrich III. ins Spiel. Er war in Rom zum Kaiser gekrönt

worden, und so beschlossen wir, Falko an diesem Ereignis teilha-
ben zu lassen. Aber die Reise dorthin sollte es in sich haben. Ein
paar Jahre zuvor hatten wir den Roman „Die Löwin" geschrieben
und waren im Rahmen der Recherche für Catarinas Reise in die
Schweiz und nach Norditalien gefahren.

Allerdings passte Elmar der Gedanke nicht, Falko auf die gleiche Route zu schicken, und so beschlossen wir, den Weg an ein
paar Stellen zu ändern. Mit diesem Hintergedanken packten wir
wieder einmal den Wohnwagen und steuerten erneut das Land
der Eidgenossen an.

Zunächst stellten wir unseren Wohnwagen in Andeer ab und
fuhren von dort aus über verschiedene Pässe: San Bernardino, Splü-
genpass, Lukmanier und Oberalppass zählten ebenso dazu wie der
Gotthard. Auf der Rückfahrt durfte Iny dann ihrer Leidenschaft für
lange Tunnels frönen und durch den Gotthardtunnel fahren.

Zu unserem Programm gehörten die Via Mala, die Rofan-
schlucht, Splügen mit seinen herrlichen alten Holzhäusern und
natürlich wieder einmal zahlreiche Museen. Uns hatten es vor
allem die Ausstellungen über den Verkehr in den Alpen vergan-
gener Zeiten angetan.

Auf der Suche nach einer etwaigen Alternativroute für unseren Falko fuhren wir weiter ins Tessin. Nicht nur der Sprache
wegen hatten wir nach der Überquerung des San Bernardino das
Gefühl, in ein anderes Land gekommen zu sein. Diese Strecke
und dann weiter über Mailand schien uns schlussendlich für Falko jedoch zu wenig beschwerlich, und so schickten wir ihn doch
über den Sankt-Gotthard-Pass.

Unser Aufenthalt im Tessin dauerte daher nicht lange, dann
fuhren wir wieder nordwärts und schlugen unser Quartier in
Luzern auf. Mittlerweile haben wir wahrlich eine Fülle von Campingplätzen kennengelernt, aber dieser ist uns ganz besonders
in Erinnerung geblieben. Als wir am ersten Morgen erwachten,
war der Strom weg. Ein Blick nach draußen zeigte, dass nicht nur

wir betroffen waren. Wir zogen unsere Jogginganzüge an und gingen erst einmal duschen. Als wir zum Wohnwagen zurückkamen, war der Strom wieder da.

Kann mal passieren, sagten wir uns. Wir frühstückten und sausten dann los, um die Stadt zu besichtigen. Luzern ist ein zauberhafter Ort am Ausfluss des Vierwaldstätter Sees. Da wir Falko hierherschicken wollten, interessierten uns vor allem die älteren Teile der Stadt sowie die Kapellbrücke aus dem vierzehnten Jahrhundert und das Historische Museum.

Als wir am späten Nachmittag zum Campingplatz zurückkehrten, hatte sich der Strom erneut verdünnisiert. Unser Platznachbar meinte, dass dies mehrfach am Tag geschehen sei. Offenbar nutzte ein Camper ein nicht abgesichertes oder zu starkes Elektrogerät, das den Stromkreis überlastete. Auch wenn unser Herd mit Gas betrieben wurde, so brauchten wir für den Kühlschrank und für die Lampen Strom. Außerdem hatte Inys damaliger Laptop einen defekten Akku, sodass sie ihn an die Steckdose hängen musste, um arbeiten zu können. Elmars Laptop war zwar noch in Ordnung, aber auch dessen Akku musste geladen werden. Der Strom kam zwar wieder, doch eine halbe Stunde später hörte man auf dem Platz einen leisen Knall, und sämtliche Lichter im Wohnwagen erloschen. Ebenso erlosch Inys Laptop, ohne dass sie die letzten bearbeiteten Absätze hatte speichern können.

Der Übeltäter konnte froh sein, Inys tödlichen Blicken nicht ausgesetzt gewesen zu sein. Der Strom kam allerdings wieder, und wir konnten uns wie gewohnt für die Nacht zurechtmachen. Am nächsten Morgen erwischte es die Sicherung in unserem Wohnwagen. Elmar schaltete sie wieder ein und konnte unserem Platznachbarn den Tipp geben, auch bei sich nachzuschauen.

Nachdem wir gefrühstückt hatten, begaben wir uns auf die Spuren der alten Eidgenossen zur legendären Hohlen Gasse, nach Küssnacht, ein Stück weiter am Ufer des Sees entlang und nach Schwyz. Auf dem Heimweg suchten wir die Kapelle auf, in deren

Nähe die belgische Königin Astrid 1935 durch einen Autounfall ums Leben gekommen war.

Diesmal kamen wir später als am Vortag zum Campingplatz zurück – und wer war nicht da? Natürlich der Strom! Diesmal half es auch nichts, die Sicherung wieder einzuschalten, denn es hatte den gesamten Platzteil erwischt, auf dem wir standen. Elmars Kommentare waren alles andere als jugendfrei, und unser Platznachbar war mittlerweile noch genervter als wir.

Nach dieser Nacht stellten wir zunächst erleichtert fest, dass der Strom wieder da war und der Kühlschrank arbeitete, bevor wir uns zum nächsten Programmpunkt aufmachten: Es war eine Schifffahrt von Luzern nach Alpachstad angesagt und anschließend die Fahrt mit der Zahnradbahn auf den Pilatus. Auf Seehöhe herrschten sommerliche Temperaturen, während wir, als wir die Bergstation erreichten, über Schnee und Eis stapften. Der Ausblick war gigantisch. Wir sahen den gesamten Vierwaldstätter See zu unseren Füßen und konnten uns die Strecke vorstellen, die unser Falko nehmen musste, um anstrengende Umwege über die Berge zu vermeiden. Da wir im Museum in Luzern Bilder von Stürmen gesehen hatten, die den See in ein Inferno verwandelt hatten, beschlossen wir, auch Falko in einen kleinen Sturm geraten zu lassen.

Nach einem wunderschönen Tag kehrten wir in gehobener Stimmung zum Campingplatz zurück. Doch kaum waren wir aus dem Auto ausgestiegen, standen wir kurz vor der Explosion. Der Strom war wieder weg, und diesmal musste es schon am Vormittag passiert sein, denn unser Kühlschrank war viel zu warm.

Wir sahen einander an, und es brauchte keine Worte. Vermutlich haben wir unser Gespann noch nie so schnell fahrbereit gemacht wie an jenem Nachmittag. Vor uns lag eine lange Nachtfahrt nach Hause, doch es war uns lieber, notfalls ein paar Stunden auf einem Autobahnrastplatz zu schlafen, als noch länger auf diesem Campingplatz zu bleiben.

Mit der Fahrt in die Schweiz waren die Recherchen für diesen Roman noch nicht beendet. Uns fehlte nämlich noch der wichtigste Schauplatz: Rom. Diesmal verzichteten wir auf den Wohnwagen, denn einige Teile des Vatikans darf man als Individualreisender erst nach einem gewaltigen Papierkrieg besichtigen. Die entsprechende Genehmigung zu besorgen war uns zum einen zu mühselig, zum anderen hatten wir nicht die Zeit, so lange zu warten, bis die Verwaltung des Vatikans sich entschieden hatte. Und da wir in der Zwischenzeit den Absprung aus der festen Lohnarbeit geschafft hatten, konnten wir als freie Schriftsteller endlich so über unsere Zeit verfügen, wie es für uns nötig war.

Wir schlossen uns einer Pilgergruppe an, die mit dem Zug in die „Ewige Stadt" reiste. Begleitet wurde die Pilgergruppe von einem Pater, den man ins selbe Abteil gesteckt hatte wie uns. Wir kamen rasch ins Gespräch, und es stellte sich heraus, dass er bereits mehrere unserer Romane gelesen hatte. Als er erfuhr, dass wir in Rom recherchieren wollten, versprach er, uns nach Kräften zu unterstützen. Tatsächlich verdanken wir ihm wertvolle Tipps und vor allem genug Zeit, um alles ausgiebig betrachten und uns mit Informationsmaterial versorgen zu können. Übrigens stammte er aus der Gegend um Würzburg und damit aus der Nachbarschaft unserer „Kibitzsteiner".

Nachdem wir seit zwei Jahrzehnten stets allein unterwegs gewesen waren, hatten wir ein wenig Sorge, wie wir damit zurechtkämen, in einer Gruppe zu verreisen. Doch diese Angst erwies sich als unbegründet, denn es war eine sehr harmonische Reisegesellschaft, deren Pater sich zudem als ausgezeichneter Fremdenführer erwies.

Die Zugfahrt jedoch blieb ungewohnt. Da Iny wegen ihrer Gehhilfen nichts tragen und nichts schieben kann, blieb der gesamte Gepäcktransport an Elmar hängen. Bei Reisen mit dem Wohnwagen bringen wir die Sachen peu à peu hin und haben sie unterwegs so griffbereit, wie wir es brauchen, und nach der

Reise können wir den Wohnwagen ebenso gemütlich wieder ausladen. Wenn wir, was eher selten vorkommt, doch einmal in einem Hotel nächtigen, muss Elmar zwar das Gepäck ins Auto und von dort zum Hotelzimmer schaffen, aber das ist für ihn weitaus weniger anstrengend als das Schleppen der Koffer von Bahnsteig zu Bahnsteig und das Hochhieven ins Gepäckfach.

In Rom wurden wir mit einem Bus zu einem Pilgerhotel gebracht und konnten unser Zimmer beziehen. Es schien eine frühere Mönchszelle gewesen zu sein, denn es war sehr klein und das Badezimmer winzig. Vor allem war das französische Bett mit einer durchgehenden Matratze und einer einzigen großen Zudecke für ein Paar, das seit Jahren gewohnt ist, mit einem gewissen Abstand zwischen den Betten zu schlafen, höchst gewöhnungsbedürftig. Um es offen zu sagen: Wir haben uns damals nicht daran gewöhnen können und tun es auch heute noch nicht. Wenn sich bei einem solchen Bett einer von uns bewegt, wacht der andere unweigerlich auf, ebenso, wenn einer unbewusst an der Bettdecke zerrt. Zudem war das Zimmer, wie wir bald merkten, sehr feucht.

Unsere Gruppe hatte Halbpension gebucht, und wir bekamen an den Abenden ein ordentliches Essen. Doch als am Nachbartisch einer italienischen Pilgergruppe aufgetischt wurde, packte einige unserer Mitreisenden der Neid. Eine Frau meinte spitz, man könne hier sehen, dass der liebste Gast des Italieners eben doch der Italiener sei. Elmars lapidarer Kommentar dazu: „Wahrscheinlich haben die auch entsprechend bezahlt."

Dank unseres geistlichen Führers kamen wir gut in den Vatikan hinein, ohne dass die Schweizer Garden ihre Hellebarden zückten, und wurden in den Campo Santo Teutonico geführt, der einst die Herberge der deutschsprachigen Pilger gewesen war und an den sich ein Friedhof für die in Rom Verstorbenen und die Kirche Santa Maria della Pietà in Camposanto anschließt. Da wir eine Pilgergruppe waren, hielt unser Pater eine Messe in die-

*Vor dem Trevi-Brunnen (Fontana di Trevi) in Rom.*

ser Kirche. Zwei Mitreisende wurden zu Ministranten ernannt und waren durchaus stolz darauf. Bei den zwei folgenden Messen, die unsere Gruppe in Rom miterlebte, musste fast geknobelt werden, da die Zahl der Freiwilligen die der benötigten Ministranten stets überstieg.

Nach der Besichtigung des Campo Santo Teutonico führte unser Pater uns durch diesen Teil des Vatikans zur Piazza Santa Marta, wo wir den Palazzo San Carlo, den Domus Sanctae Marthae und das Tribunale di Stato della Città Vaticano von außen besichtigen konnten, ohne von den Schweizer Garden abgeführt zu werden. Anschließend ging es weiter zum Petersplatz und dann in den Petersdom. Dort machte unser Pater uns auf Linien auf dem Boden aufmerksam, die die Umrisse des Vorgängerbaus des Doms anzeigten, in dem Kaiser Friedrich III. gekrönt worden war. Dazu erklärte er uns, was damals alles hatte berücksichtigt werden müssen.

Auch in den nächsten Tagen bekamen wir große und kleinere Kirchen zu sehen. So besichtigten wir San Giovanni in Laterano, danach Santa Maria Maggiore, wo wir in einer kleinen Nebenkapelle unsere zweite Messe feierten. Dabei beobachteten wir eine vielköpfige spanische Pilgergruppe, die in einer größeren Seitenkapelle die Messe abhielt. Der Glanz des Priesterornats, die Tracht der Ministranten, die Riesenkerzen, die sie mit sich geschleppt hatten, und die feierliche Kleidung der Pilger boten ein ganz anderes Bild als unsere kleine, alltäglich gekleidete Gruppe und unser Pater in einem schlichten Messgewand.

Für unsere Zwecke war die Pilgerfahrt optimal geplant und brachte uns unserem Roman immer näher. Als wir dann auch noch erfuhren, wie diskret die Früchte irdischer Lust so mancher Nonne geboren und der Heiligen Kirche übergeben worden waren, um später selbst Mönch oder Nonne zu werden, hatten wir einen weiteren Strang für unseren Roman – und ein weiteres Problem für unseren Helden Falko. Nicht umsonst hatten wir für diesen Band den Titel „Töchter der Sünde" vorgesehen, denn gesündigt wurde durchaus.

Der kommende Tag hielt den Höhepunkt für unsere Mitreisenden bereit, die große Generalaudienz des Papstes auf dem Petersplatz. Wir bekamen einen guten Platz ziemlich am Rand zugewiesen, und fast jeder zückte seine Kamera, um Papst Benedikt XVI. auf die SD-Karte zu bannen. Es dauerte natürlich geraume Zeit, bis er im Papamobil an uns vorbeikam. Dabei hatten wir die Gelegenheit, eine Pilgergruppe aus dem Spreewald zu beobachten. Es war sehr heiß, und eine der Frauen aus Lübbenau faltete daher etliche Papierhüte für ihre Mitreisenden. Das Material dafür bot ihr Deutschlands bekannteste Zeitung. Irgendwann meinte eine der Lübbenauerinnen zu ihrem Begleiter, ob er das Hütchen wirklich so aufbehalten wolle. Er nahm es irritiert ab und starrte mit großen Augen auf das ausladend gestaltete Mädchen von Seite eins, das es damals noch in dieser Zeitung gab.

*Papst Benedikt XVI. bei der Generalaudienz auf dem Petersplatz.*

„Wenn unser Papst das sieht, fällt er vom Glauben ab", spottete eine Frau, während die Hütefalterin der Bitte nachkam, diesen Hut etwas sittsamer zu gestalten. Ein anderer Papierhut hingegen wurde übersehen, und so ist auf Elmars Papstfoto auch ein Mann mit Papierhut und dem Text „Mein schwuler Freund" zu erkennen. Die anderen hatten zwar auch Fotos gemacht, doch schöner als das unsere war keines!

Nach der Generalaudienz ging es zu den Vatikanischen Museen. Wir genossen es, wie unser Pater uns an der Riesenschlange wartender Besucher vorbeiführte und wir direkt eingelassen wurden. Nicht nur bei der Besichtigung der Sixtinischen Kapelle wurde uns im Gegensatz zu einigen anderen Gruppen die Zeit gelassen, uns sorgfältig umzuschauen.

Der nächste Tag galt Roms neuem Zentrum. Es ging auch den Kapitolshügel hoch und quer durch die Stadt. Die Fontana di Trevi zählte ebenso zu unseren Zielen wie der Senat, der Präsidentenpalast und die Reiterstatue Kaiser Mark Aurels. Diese hatte man in der Vergangenheit für ein Standbild von Kaiser Constantin gehalten und aus Achtung vor dem römischen Kaiser, der das Christentum gefördert hat, vor den Schmelzöfen bewahrt. Wahrscheinlich hätten sonst Leonardo da Vinci, Michelangelo Buonarroti oder einer ihrer Künstlerkollegen etwas Neues aus ihrer Bronze geschaffen.

Der späte Nachmittag stand zur freien Verfügung, und wir setzten uns mit einem Teil der Gruppe auf der Piazza Navona in ein Café und verfolgten das Treiben auf dem Platz. Inys Blicke wurden dabei von dem Gemälde einer Frau angezogen, sodass Elmar schließlich zu dem Mann ging, der diese Bilder verkaufte, und es erstand. Jetzt hängt es wie einige andere Fundstücke von unseren Recherchen in unserem Flur und erinnert uns an eine wunderbare Reise.

Der vorletzte Tag unseres Rom-Aufenthalts sah uns zunächst auf dem Forum Romanum und am Kolosseum, sodass auch das antike Rom zu seinem Recht kam. Weiter ging es in die Domitilla-Katakomben. Es war ein seltsames Gefühl, durch die engen Gänge und Kammern unter der Erde zu gehen, obwohl die Gebeine der frühen Christen dort nicht mehr zu finden sind. Diese wurden im Mittelalter geborgen und karrenweise über die Alpen geschafft, um ihre Verwendung als Reliquien zu finden. Unser Pater erklärte uns, wie es zu den vielen Häuptern Johannes' des Täufers und der großen Zahl an Schlüsselbeinen und weiterer Knochen anderer Heiliger kam. Diese wurden zu Berührungsreliquien, sprich, man hielt einen Knochen an einen anderen, der für echt angesehen wurde, und dessen Kraft ging unter vielen Gebeten auf die frisch geweihte Reliquie über. In den Domitilla-Katakomben fand auch die letzte der in Rom gefeierten Messen statt.

Es war ein so beeindruckender Moment, dass wir ihn in unseren Roman einbauen mussten.

Bevor unser Aufenthalt zu Ende ging, wurden wir zur vierten großen Basilika, San Paolo fuori le mura, gebracht, der streng gehaltenen Kirche des heiligen Paulus vor den Mauern, und zu einem nahen Frauenkloster, das für uns wegen des Romans von großem Interesse war. Der Tag klang mit einem Ausflug nach Castel Gandolfo und einer Rückfahrt in die beginnende Nacht hinein aus.

Beim Abendessen sahen wir wieder mit gewissen Neidgefühlen unseren schlemmenden italienischen Nachbarn zu, und am nächsten Morgen hieß es, samt Koffern rechtzeitig am Treffpunkt zu erscheinen. Es ging heimwärts, und da war beim Umsteigen noch einmal Kofferschleppen angesagt. Am späten Nachmittag fuhr der Zug schließlich in den Münchner Ostbahnhof ein. Dort verabschiedeten wir uns von unserem Pater und unseren Mitreisenden und kehrten nach Hause zurück.

Die Feuchtigkeit unserer Mönchszelle und die auf volle Kühlleistung geschaltete Klimaanlage im Zug, die selbst den Sand der Sahara mit einer Reifschicht bedeckt hätte, sorgten dafür, dass wir uns beide eine fürchterliche Bronchitis zuzogen und 2009 zum ersten und bisher einzigen Mal seit 1996 nicht zur Frankfurter Buchmesse fahren konnten.

# 13.
# Die Wanderhure im Film

Wer glaubt, die Wanderhure habe nun endlich den wohlverdienten Ruhestand antreten können, der irrt. Unsere rührige Agentin hat seit vielen Jahren mit Isabel Schickinger eine eigene Filmagentin an ihrer Seite, die das Metier aus dem Effeff kennt und tatsächlich einen Produzenten für „Die Wanderhure" interessieren konnte. Zunächst unterschrieben wir einen sogenannten Optionsvertrag, der letztlich nicht mehr als tatsächlich nur eine „Option" ist, de facto wird lediglich ein Bruchteil der optionierten Stoffe auch umgesetzt. Daher vergaßen wir die Sache wieder und schrieben weiter an unseren Romanen. Selbst als im Frühjahr 2009 unsere Agentin erzählte, dass der Produzent mit einem Fernsehsender verhandelte, ließ uns das kalt.

Und so kam es, dass Elmar beim Durchblättern einer Zeitschrift im Wartezimmer eines Arztes mit einem Mal der Mund offen stehen blieb. Da stand doch tatsächlich, dass Alexandra Neldel die Rolle der Wanderhure übernehmen würde. Elmar hätte am liebsten direkt die Seite aus dem Heft gerissen, um sie Iny mitbringen zu können, besann sich jedoch und bat die Arzthelferin, ihm eine Kopie davon zu ziehen.

Kurz darauf starrte Iny geraume Zeit fassungslos auf die Seite, bis sie entschlossen zum Telefon griff und die Agentur anrief. Dort war man nicht minder überrascht als wir. Der Produzent hatte unter dem Siegel der Verschwiegenheit mit Sat.1 verhandelt, und kaum war der Deal in trockenen Tüchern, gab der Sender die Pressemitteilung heraus, auf die dann Elmar gestoßen war.

Im Lauf der nächsten Wochen sickerten weitere Namen von Schauspielerinnen und Schauspielern durch, die Rollen in der „Wanderhure" spielen sollten, darunter Nadja Becker, Elena Uhlig, Julian Weigend, Bert Tischendorf, Götz Otto und Thure Riefenstein. Wir erfuhren außerdem, dass ein Teil des Films in Österreich, der Hauptteil aber in der Filmstadt Fót bei Budapest in Ungarn gedreht werden würde. So langsam glaubten auch wir daran, dass wir unsere Wanderhure Marie tatsächlich auf dem Fernsehbildschirm sehen könnten.

Wir hatten uns kaum von der in Rom eingefangenen Bronchitis erholt, da fragte der Produzent an, ob wir zum Press Day nach Ungarn kommen könnten. Ein Nein war keine Option, und so überlegten wir, wie wir reisen wollten. Da unsere Filmagentin Isabel ebenfalls mit von der Partie sein würde, hätte sich natürlich ihr Hotel angeboten. Doch wir sind, wie wir sind, und entschieden uns stattdessen, auch auf dieser Reise nicht auf den Wohnwagen zu verzichten und in Budapest zu campen.

Das Buchen des Platzes übernahm die Produktionsfirma. Deren wichtigstes Kriterium war eine günstige Lage, sodass wir nicht zu weit vom Hotel der Filmcrew entfernt hausten und das Filmgelände ohne lange Anfahrt erreichen konnten. Wir hätten vermutlich eine andere Wahl getroffen, denn die Ausstattung des Campingplatzes ließ sehr zu wünschen übrig. Die Sanitärräume waren sauber, das zumindest kann man sagen, aber über den Rest sollte man besser den Mantel des Schweigens breiten. Anscheinend war seit Jahren nichts mehr repariert worden, die Beleuchtung funktionierte nur noch eingeschränkt, und die Türen der Duschkabinen waren verschwunden. Wir wunderten uns daher kaum, dass wir die einzigen Camper auf dem Platz waren. Später erfuhren wir, dass der Campingplatz am Ende des Jahres aufgelassen werden sollte und der Rückbau bereits begonnen hatte. Wenigstens konnten wir die Zähne putzen, uns waschen und mit einer gewissen Akrobatik auch duschen.

Nachdem wir den Wohnwagen dort abgestellt hatten, brachten wir Isabel zum Hotel. Dort erfuhren wir, dass die Dreharbeiten an diesem Tag etwas länger dauerten, da der Regisseur Hansjörg Thurn das Tageslicht bis zum letzten Schimmer ausreizen wollte. Wir unterhielten uns noch ein wenig mit Isabel und kehrten zum Campingplatz zurück.

Am nächsten Morgen holten wir Isabel ab und fuhren in Richtung Fót. Die Einfahrt in die Filmstadt war nicht leicht zu finden, doch schließlich lotste uns der Produzent per Handy dorthin. Nachdem wir unser Auto abgestellt hatten, näherten wir uns möglichst leise den Kulissen, denn uns war gesagt worden, dass bereits gedreht wurde. Angesichts der Schauspieler und Statisten, die hier saßen und auf ihren Auftritt warteten, stieg uns ein seltsames Kribbeln in den Bauch. Und dann sahen wir Marie, unsere Wanderhure! Als Alexandra Neldel voller Verzweiflung rief: „Ihr Bürger von Konstanz, ihr kennt mich doch!", lief es uns kalt den Rücken hinunter. Dieses Erlebnis werden wir niemals vergessen.

In einer Drehpause wurden wir dem Regisseur Hansjörg Thurn vorgestellt und erhielten einen erhöhten Platz zugewiesen, von dem aus wir dem Filmteam bei der Arbeit zuschauen konnten. An diesem Tag wurden die Szenen um den Hurenaufstand in Konstanz und das Urteil König Sigismunds gedreht, und so durften wir alle wichtigen Personen in Aktion erleben. Unsere liebe Isabel war von dem Ganzen nicht weniger fasziniert als wir, dabei hatte sie schon etliche Filmsets erlebt.

Gemeinsam studierten wir den Drehplan und empfanden Mitleid mit den Akteuren, denn einige hatten schon um sechs Uhr morgens am Drehort sein müssen, um nach der Maske sofort drehen zu können. Ein Eintrag brannte sich uns ins Gedächtnis ein. „Vier Uhr morgens. Fünfzig Huren in die Maske!" Die meisten Huren wurden von Komparsinnen dargestellt, die zu dieser nachtschlafenden Zeit vor Ort sein mussten. Allerdings ging es den Schauspielerinnen und Schauspielern nicht viel besser. Vom ersten Büchsenlicht an wurde bis zu dem Augenblick gedreht, an dem die Abendsonne schon halb nach Amerika gewandert war.

An diesem Tag konnte das Team jedoch schon etwas früher ins Hotel zurückfahren, und so konnten wir an der Abendessen-Runde teilnehmen. Wir genossen es, uns hier direkt mit dem Regisseur und den Schauspielern austauschen zu können. So berichtete Hansjörg Thurn, dass ein Teil der Dreharbeiten auf Schloss Tratzberg in Tirol stattfinden würde. Alexandra Neldel war ein wenig in sich gekehrt, sagte aber mit großer Überzeugung, dass ihr die Rolle der Marie sehr viel Freude bereite. Von Götz Otto kam der Spruch, dass er als „Kaiser Sigismund" eine ihm adäquate Rolle spiele, und Agathe Taffertshofer, die im Film die Hure Berta verkörperte, meinte begeistert, dass jede Schauspielerin und jeder Schauspieler sich glücklich schätzen dürfe, eine Rolle in einem solchen Kostümfilm spielen zu können.

Allerdings hieß es für die meisten Akteure, früh ins Bett zu gehen, denn der Wecker am nächsten Morgen war unerbittlich. Es wurde dennoch ein stimmungsvoller Abend, an den wir uns gerne zurückerinnern. Die Fahrt zum Campingplatz erdete uns jedoch rasch, denn dort erwartete uns ein Leben weit jenseits vom Glamour des Filmgeschäfts.

Am nächsten Morgen stoppte Elmar in der Nähe des Hotels an einem Buchladen, denn von einer Deutsch sprechenden Komparsin hatte er erfahren, dass „Die Wanderhure" auf Ungarisch bereits erschienen wäre. Es war wie ein Magnet. Elmar griff ins Regal und hielt das gesuchte Buch in der Hand. Es machte später beim Set seine Runde, und wir mussten uns damit ausgiebig fotografieren lassen.

An diesem Tag war die Presse vor Ort, und so standen wir in einem als Büro eingerichteten Wohnwagen den Journalisten Rede und Antwort. Man wollte von uns wissen, wie uns die Dreharbeiten im Allgemeinen gefielen, und auch, was wir zur Auswahl der Schauspielerinnen und Schauspieler sagten. Im-

*Mit Isabel Schickinger vor den Kulissen in der Filmstadt Fót bei Budapest.*

merhin sei Alexandra Neldel ja brünett, während die Marie in unseren Romanen als blond beschrieben wird. Wir brachten unsere Überzeugung zum Ausdruck, dass es auf das Können der Schauspielerin ankäme und wohl kaum auf die Haarfarbe. Später erfuhren wir, dass Alexandra Neldel zuerst mit blonder Perücke hatte spielen sollen. Aber das hatte man rasch aufgegeben, weil es sich als zu umständlich erwies.

Abschließend genossen wir es erneut, Mäuschen beim Dreh zu spielen, und besichtigten anschließend mit Isabel die Kulissen der Filmstadt, bevor es zurück zum Hotel ging. Diesmal fand das Abendessen in kleiner Runde statt, da länger gedreht wurde. Und bereits am nächsten Morgen hieß es Abschied nehmen. Eine Reise voller Emotionen ging zu Ende. Wir sind heute noch dankbar, dass uns dieses Erlebnis geschenkt worden ist.

Im Filmgeschäft wird vieles kurzfristig entschieden, und es ist dann nicht immer leicht, den daraus resultierenden Anforderungen gerecht zu werden. So hatten wir für 2010 eine Reise geplant, die einmal nicht der Recherche dienen sollte, sondern wirklich der Erholung. Angesichts der guten Erfahrungen, die wir auf der Reise nach Rom mit der Pilgergruppe gemacht hatten, buchten wir beim selben Anbieter eine Rundreise durch Irland. Zwei Wochen, bevor es losging, wachte Elmar auf und präsentierte Iny die Idee für einen in Irland spielenden Roman.

Einen Tag, bevor wir mit der Gruppe nach Dublin fliegen sollten, wurden wir von dem Produzenten der „Wanderhure" gebeten, nach Hamburg zu kommen, um noch einmal für die Presse parat zu stehen. Unsere Agentin Lianne drängte uns, auch Isabel flehte uns an zu kommen, und so blieb uns nichts anderes übrig, als unseren Flug von München nach Dublin zu stornieren und dafür einen Tag früher nach Hamburg zu fliegen, um von dort aus erst am nächsten Nachmittag nach Dublin zu starten.

In Hamburg trafen wir wieder auf die Hauptdarsteller, mit denen wir uns intensiv austauschten, sobald sich eine Pause zwischen den Interviews ergab. Alexandra Neldel war naturgemäß eine der gefragtesten Gesprächspartner. Von einem Interview kam sie empört zurück und schimpfte über die impertinenten Fragen der Journalistin. Wir hielten brav den Mund, um nicht zu verraten, dass wir die betreffende Frau persönlich kannten.

Nach anderthalb Tagen voller Interviews erreichten wir den Flieger nach Dublin buchstäblich in letzter Minute. Und der Rückflug wurde teuer, denn die Fluggesellschaft, mit der unsere Pilgergruppe nach Irland und zurück flog, weigerte sich, uns von Dublin aus mit nach Hause zu nehmen, sodass wir einen anderen Flug buchen mussten. Aber das war uns die Sache wert gewesen, denn wir hatten in Hamburg einen unvergesslichen Einblick in die Welt von Film und Fernsehen erhalten.

Mittlerweile rückte die Frankfurter Buchmesse näher. In deren Vorfeld begaben wir uns auf eine Lesereise, die uns mit dem Wohnwagen quer durch die Republik führen würde. Für die einzigen beiden freien Tage zwischen zwei Lesungen erreichte uns die Einladung von Sat.1 nach Berlin zur Premiere der „Wanderhure" in einem großen Kino.

Zu dem Zeitpunkt befanden wir uns auf dem Campingplatz in Schobüll, Nordfriesland. Da wir uns diese Premiere nicht entgehen lassen wollten, ließen wir den Wohnwagen dort zurück und machten uns auf den Weg nach Berlin.

In der Hauptstadt erwarteten uns Lianne und Isabel bereits im Hotel, denn natürlich ließen sich die beiden die Premiere ebenfalls nicht entgehen. Uns blieb gerade noch Zeit, uns umzuziehen und in das Filmtheater zu gehen, in dem die Veranstaltung stattfand. Vor dem Eingang erlebten wir zum ersten Mal den „roten Teppich", wie man ihn in den Klatschnachrichten zu sehen bekommt. Nach dem Blitzlichtgewitter, das diesmal auch uns galt, wechselten wir drinnen mit einigen Schauspielerinnen und Schauspielern ein paar Worte. Alexandra Neldel allerdings ließen wir in Ruhe, denn diese trabte wie ein nervöses Rennpferd hin und her und erweckte den Eindruck, als wäre es ihr am liebsten, wenn bereits alles hinter ihr läge.

Der Saal war voll, und die Gespräche verstummten abrupt, als die ersten Bilder der „Wanderhure" auf der Leinwand erschienen. Es blieb auch weiterhin andächtig still. Als der Film zu Ende war, setzt ein Beifallssturm ein, der alle Bedenken, ob dieser Film beim Publikum ankommen würde, hinwegschwemmte.

Uns kamen fast die Tränen vor Freude, obwohl wir den Film bereits vorher auf DVD erhalten und gesehen hatten. Doch das hier war einer der schönsten Momente, den wir als Schriftsteller erleben durften, und wir waren einfach nur glücklich.

Alexandra Neldel strahlte, als wir ihr zu ihrer grandiosen Vorstellung gratulierten. Wir sprachen auch Elena Uhlig, die Mechthild von Arnstein spielte, Julian Weigend und den anderen Akteuren unsere Anerkennung aus. Auf dem Set waren wir beeindruckt gewesen, doch erst auf der Leinwand begriffen wir in

Gänze, welch hervorragende Leistung Hansjörg Thurn und seine Crew erbracht hatten.

Die Besuche des Filmsets und die Premiere waren unvergessliche Erlebnisse, und doch begriffen wir, dass dies nicht unsere Welt ist. Wir sind am glücklichsten, wenn wir vor unseren Computern sitzen und uns mit unseren Geschichten beschäftigen können. Missen aber wollen wir die Ausflüge in diese deutlich glamourösere Filmwelt dennoch nicht.

Diese Nacht wurde etwas kurz, und am nächsten Morgen hieß es für uns, uns von all denen, die mit uns im Hotel waren, zu verabschieden, und wieder nach Schobüll zu fahren. Am nächsten Tag war Lesung, und wir kehrten zurück in die Welt, die wir gewohnt waren.

Nach unserer Lesereise stellten wir unseren Wohnwagen wie schon so oft auf dem Campingplatz in Mörfelden bei Frankfurt ab, um von dort aus die Buchmesse zu besuchen. Am Tag, bevor diese begann, wurde „Die Wanderhure" auf Sat.1 ausgestrahlt, und das wollte unser Verlag Droemer Knaur ein wenig feiern. Man lud neben uns mehrere Autorinnen und Autoren ein sowie etliche Leser und Leserinnen, die bei einem vom Verlag veranstalteten Preisausschreiben gewonnen hatten. Lianne und Isabel waren selbstverständlich ebenfalls dabei, und auch etliche Verlagsmitarbeiter. Zum Abendessen gab es echte Frankfurter Hausmannskost, und danach konnten wir die Wanderhure noch einmal sehen. Auch in diesem Rahmen war die Begeisterung groß. Es gab Jubel und großes Lob für die Darsteller, aber auch für uns, die wir den Stoff für diesen Film geliefert hatten.

All das war allerdings nichts im Vergleich zu dem, was am nächsten Vormittag auf der Buchmesse los war. Unsere liebe Isabel schwebte, wie Iny sich ausdrückte, wie ein großer Luftballon unter der Hallendecke, und am Droemer-Knaur-Stand wurde uns auf fast leeren Magen Sekt aufgenötigt. Iny mag eigentlich gar keinen und Elmar auch nur ausnahmsweise, doch hier blieb uns nichts anderes übrig, als mit den anderen anzustoßen. Denn es gab allen Grund dazu, da die Fernsehausstrahlung der „Wanderhure" am Vorabend auf über vierunddreißig Prozent Sehbeteiligung gekommen war, in absoluten Zahlen waren das nahezu zehn Millionen Zuschauer – ein Rekord für Sat.1. Er war der meistgesehene Spielfilm des Jahres und wurde insgesamt nur von ein paar Tatort-Folgen übertroffen.

Von daher durften wir uns nicht wundern, dass etliche Interviews für uns kurzfristig eingeplant und wir von allen Seiten beglückwünscht wurden.

Angesichts dieses Erfolgs überraschte es uns wenig, dass Sat.1 auch den zweiten Band um unsere Marie verfilmen wollte. „Die Kastellanin" spielt hauptsächlich in Tschechien. Daher freuten wir uns zu hören, dass dieser Film zum größten Teil auch dort gedreht werden sollte. Wir wurden erneut zum Set eingeladen und machten uns zusammen mit Isabel auf die Fahrt nach Prag. Aus Erfahrung klug geworden, ließen wir den Wohnwagen aber diesmal zu Hause.

Die paar Kilometer zur Autobahn kamen wir gut durch, doch bereits das Ostkreuz München war verstopft. Zwar standen wir nicht unter Zeitdruck, doch als wir nach einer Stunde gerade mal einen Kilometer weit gekommen waren und kein Ende des Staus abzusehen war, wurden wir doch nervös. Eine halbe Stunde später gelang es Elmar, zwei Lkw-Fahrer davon zu überzeugen, uns durchzulassen, sodass wir auf der Abbiegespur die nächste Ausfahrt anfahren konnten. Zwei Stunden, nachdem wir aufgebrochen waren, passierten wir einen knappen Kilometer Luftlinie entfernt unseren Wohnort und fuhren nun über Landstraßen in Richtung Landshut, um von dort aus auf die Regensburger Autobahn zu gelangen. Da nicht nur wir diese Idee gehabt hatten, war hier zwar ebenfalls viel los, doch es ging zumindest vorwärts. Nachdem wir die A93 Richtung Regensburg erreicht hatten, lockerte sich der Verkehr auf, und wir kamen gut bis nach Prag.

Der Name unseres Hotels war Isabel telefonisch durchgegeben worden. Die Adresse hatten wir im Internet recherchiert und auf unserem Stadtplan eingetragen. Als wir unser Auto auf dem kleinen Parkplatz vor dem Hotel abstellten, wunderten wir uns, dass kein einziger Wagen der Produktionsgesellschaft zu sehen war. Auch erschien uns das Hotel arg klein für die ganze Filmcrew.

Wir fragten an der Rezeption nach. Nach einigem Hin und Her war klar: Die Leute vom Film waren hier nicht zu finden. Isabel rief die Produktionssekretärin an, um zu fragen, ob das Hotel gewechselt worden sei. Nein, kam es zurück, und die Frau nannte noch einmal den Namen. Isabel notierte ihn auf einen Zettel und zeigte ihn dem Rezeptionisten. Der ließ sich von Elmar den Stadtplan zeigen und wies auf eine Stelle, die etwa einen Kilometer entfernt war. Dort gäbe es ein Hotel, das bis auf einen Buchstaben den gleichen Namen trüge wie das seine. So war dieses Rätsel gelöst. Wir bedankten uns bei dem hilfsbereiten Rezeptionisten und fuhren wieder los.

Das Mühsame in fremden Städten ist ja oft das kaum zu durchschauende Einbahnstraßensystem. So war es auch hier. Nahezu immer, wenn man abbiegen sollte, hätte uns das gegen die Einbahnstraße geführt. Endlich entdeckte Elmar einen Pfeil, der in die gewünschte Richtung wies, bog erleichtert ab und fand sich auf der Zufahrt zur Tiefgarage eines Einkaufszentrums wieder. Nun sind Tiefgaragen nicht gerade die besten Freunde des Fahrzeugs, welches wir zu jener Zeit fuhren (und bei dessen Typ wir bleiben wollen). Unser Kleinbus benötigte eine Mindesthöhe von zwei Metern, um parken zu können. Eine Höhenanzeige gab es bei der Einfahrt nicht, und Rückwärtsfahren war unmöglich, da sich hinter uns bereits eine Schlange gebildet hatte. Es hätte einigen Aufwand benötigt und womöglich sogar einen Polizeieinsatz, um die Strecke zu sichern und uns gegen die Fahrtrichtung hinauslotsen zu können.

Elmar klappte daher die Seitenspiegel ein und fuhr so weit wie möglich links an der Wand entlang, damit Iny Platz hatte, um durch das Fenster nach oben die Höhe der Einfahrt prüfen zu können. Zu unser aller Erleichterung passte es auf den Zentimeter genau. Allerdings hatten wir sogleich das nächste Problem am Hals, nämlich das Ticket, das wir bei der Einfahrt ziehen mussten. Normalerweise muss man auch beim kurzen Einfahren in eine Tiefgarage die Mindestparkgebühr bezahlen, um wieder ausfahren zu können. Elmar stellte daher den Wagen ab und machte sich auf die Suche nach einem Kassenautomaten. Dabei kam er an zwei Parkwächtern vorbei und fragte sie danach. Die beiden erklärten ihm mit Händen und Füßen, dass man hier eine Stunde umsonst parken dürfe und solange diese Zeit nicht überschritten sei, ausfahren könne, ohne den Parkschein in den Kassenautomaten stecken zu müssen.

*Zwei sehr interessierte Zuschauer beim Dreh der Wanderhure.*

Dankbar für diese Information kehrte Elmar zum Auto zurück, setzte sich ans Steuer und reihte sich bei den Autos ein, die die Tiefgarage verlassen wollten. Es klappte alles, und kurz darauf standen wir wieder im Freien. Bei einem Blick auf das Straßenschild rissen wir alle drei die Augen auf. Durch unseren Ausflug in die Unterwelt waren wir tatsächlich auf der Straße herausgekommen, an der unser richtiges Hotel lag. Wenige Minuten später waren wir dort, erfuhren von einem Fahrer, der zur Filmcrew gehörte, dass die Tiefgarage im Hotel hoch genug für Kleinbusse sei, und konnten endlich einchecken.

In der Lobby erholten wir uns von den Aufregungen der Anreise. Dabei gönnten wir uns ein stärkendes Getränk – Iny den unvermeidlichen schwarzen Tee, Isabel einen leichten Weincocktail, Elmar ein Krušovice – und unterhielten uns mit Mitarbeitern aus dem Produktionsteam. Gegen Abend kehrten auch die Akteure wieder ein, und es gab ein fröhliches Wiedersehen. Für uns war es, als wären wir zu guten Freunden zurückgekehrt. Wir freuten uns, auch Esther Schweins kennenzulernen, die die Rolle der Isabel de Melancourt übernommen hatte. Sie ist eine ebenso schöne wie charmante Frau, die auch am Set einen so überzeugenden Eindruck auf uns machte, dass wir ihre Figur später zu einer weiteren Hauptperson unseres Romans „Die List der Wanderhure" kürten.

Der Abend ging bald zu Ende, denn die Schauspielerinnen und Schauspieler gingen wieder früh zu Bett. Wer glaubt, dieser Beruf wäre ein Zuckerschlecken, der sei an die fünfzig Huren erinnert, die sich beim Dreh der „Wanderhure" um vier Uhr morgens in der Maske hatten einfinden müssen.

Während wir am nächsten Morgen gemütlich frühstückten, waren Alexandra Neldel und ihre Kollegen bereits unterwegs. Etwas später wurden auch wir zu einer Burg etwa achtzig Kilometer außerhalb Prags gefahren, in der einige wichtige Szenen des Films gedreht wurden. Nachdem wir wieder mit großem Spaß den Dreharbeiten zugeschaut hatten, galt es, die Fragen der angereisten Journalisten zu beantworten. Sie entsprachen in etwa denen, die wir während unseres Besuchs bei den Dreharbeiten zur „Wanderhure" gestellt bekommen hatten. „Wie gefallen Ihnen die Dreharbeiten? Sind Sie mit den Darstellern zufrieden? Was sagen Sie zu diesem Setting?" Es fiel uns nicht schwer, dies zu beantworten.

Am späten Nachmittag verabschiedeten wir uns vom Drehteam und wurden nach Prag zurückgebracht. Dort verlebten wir noch einen angenehmen Abend zusammen mit dem Produzenten, Isabel und den beiden Autoren des Drehbuchs Dirk Salomon und Thomas Weskamp.

Bereits am nächsten Morgen sollte es zurück in die Heimat gehen. Vorher aber ging Elmar noch zu dem Einkaufszentrum, dessen Tiefgarage wir ungewollt kennengelernt hatten, und steuerte zielstrebig den dortigen Buchladen an. Er suchte nach Iny Lorentzova, fand mit „Markytánka" die vor Kurzem erschienene tschechische Übersetzung der „Kastellanin" sowie mit „Tallinnské spiknutí" die Übersetzung unseres Romans „Die Tallinn-Verschwörung", den wir unter dem Pseudonym Nicola Marni geschrieben hatten, und kehrte mit seiner Beute ins Hotel zurück, wo Iny und Isabel bereits auf ihn warteten, um aufbrechen zu können.

# 14.
# Das „Goldene Hörbuch" für die Wanderhure

Es gibt keinen Roman, für den wir auch nur annähernd so oft unterwegs waren wie für „Die Wanderhure". Sie ist und bleibt mit Abstand unser erfolgreichstes Buch und hat allein deshalb eine Ausnahmestellung in unserer Werksliste. Sie hat sich nicht nur in Deutschland millionenfach verkauft, sondern wurde auch in über ein Dutzend Sprachen übersetzt und verfilmt. Natürlich gibt es auch ein Hörbuch, das von Anne Moll gelesen wurde, und dieses war der Anlass für unsere nächste Reise.

Im Spätherbst 2011 rief uns unsere Agentin Lianne an. Wir müssten unbedingt nach Köln kommen, denn die Wanderhure sei mit dem „Goldenen Hörbuch" ausgezeichnet worden. Als Äquivalent zur goldenen Schallplatte werden so hunderttausend verkaufte Hörbücher gewürdigt. Natürlich brauchte es nicht viel Überredungskunst, uns davon zu überzeugen, gemeinsam mit Lianne zur Preisverleihung zu unserem Hörbuchverlag Lübbe-Audio zu reisen.

Das Abenteuer begann, wie am Flughafen München nicht unüblich, mit einer saftigen Verspätung, sodass Lianne, die in Köln zusätzliche Termine wahrnehmen wollte, den ersten davon bereits noch im Flugzeug streichen konnte. In Köln angekommen ging Lianne ihren Verpflichtungen nach, während wir in Köln-Ostheim Inys Schwester einen Besuch abstatteten. Als wir durch die Straßen des Stadtteils schlenderten, in dem Iny aufge-

*Unsere Agentin Lianne Kolf freut sich ebenso über das Goldene Hörbuch für die „Wanderhure" wie wir.*

wachsen war, stellte sie fest, dass nur noch wenig so aussah, wie sie es aus ihrer Jugend in Erinnerung hatte. Aber so ist es nun einmal, wenn die Jahrzehnte an einem vorbeiziehen. Auch die ägyptischen Pyramiden sehen heutzutage nicht mehr so aus wie zu Zeiten eines Cheops und Chephren.

Am Abend trafen wir bei Lübbe-Audio eine Menge frohgestimmter Menschen, denn es gab viel zu feiern: Neben der „Wanderhure" war auch das Hörbuch „Eisfieber" von Ken Follet mit dem „Goldenen Hörbuch" ausgezeichnet worden, und die Hörbücher der Sinclair-Reihe hatten den „Impala Sales Award" gewonnen. Während Ken Follet mit Abwesenheit glänzte, freuten wir uns umso mehr, den Sinclair-Autor Jason Dark alias Helmut Rellergerd persönlich kennenzulernen.

Es war eine stimmungsvolle Feier – mit allerdings einem Haken: Wir hatten uns das „Goldenen Hörbuch" als schnuckeliges kleines Ding vorgestellt, das wir problemlos in den Koffer stecken und mit nach Hause nehmen konnten. Stattdessen erhielten wir einen Kaventsmann von einem Meter Breite und fast fünfundsiebzig Zentimeter Höhe, der beim besten Willen nicht im Fluggepäck unterzubringen war. Es musste uns daher per Spedition nachgeschickt werden.

Sehr schön war, dass wir bei der Feier Anne Moll wiedergesehen haben. Sie ist die Sprecherin der meisten Iny-Lorentz-Hörbücher und macht ihre Sache ausgezeichnet. Iny meinte zu ihr im Spaß, dass wir ihr noch einiges an Arbeit verschaffen würden. Wie recht sie hatte, wusste sie zu diesem Zeitpunkt selbst noch nicht. Inzwischen ist die Zahl unserer Veröffentlichungen und damit auch der Hörbücher spürbar angewachsen, und es sieht nicht so aus, als würde sich dies in absehbarer Zeit ändern.

Am nächsten Tag flogen wir wieder nach Hause zu unserem gewohnten Leben und der Arbeit zurück, die uns wie immer nicht zu knapp erwartete.

Der Besuch in Köln mit der Verleihung des „Goldenen Hörbuchs" für die „Wanderhure" hatte ein Nachspiel. Genau genommen waren es sogar zwei Nachspiele. Zum einen erbat sich unsere Agentin Lianne Kolf eine Kopie für ihre Agentur. Schließlich mache so eine Trophäe auf Besucher und Klienten Eindruck. Zum anderen erhielten wir einige Tage nach unserer Rückkehr eine große Gitterbox, die in einer festen Schutzhülle steckte. Mit einer Schere und einem Schraubenschlüssel gelang es uns nur mit Mühe, sie zu öffnen und die Plakette herauszuholen. Jetzt hängt sie bei uns im Wohnzimmer und erinnert uns an einen schönen und überraschenden Erfolg.

# 15.
# Die Wanderhure auf der Bühne

Nachdem wir die Wanderhure bereits auf dem Fernsehbildschirm gesehen hatten, zielte der Ehrgeiz unserer Agentin auf die Bühne. Und auch hier hatte sie Erfolg: Der Theaterverlag Ahn & Simrock setzte die Wanderhure als Bühnenstück um. Und um dem Ganzen die Krone aufzusetzen, fand er auch den passenden Rahmen für die Aufführung, nämlich die Bad Hersfelder Festspiele des Jahres 2014.

Natürlich wollten wir uns das nicht entgehen lassen. Wir erwogen, den Wohnwagen zu nehmen, entschieden uns dann doch für ein Hotel, um mehr Zeit mit Lianne Kolf verbringen und mit ihr über neue Projekte sprechen zu können.

Nach einer problemlosen Anfahrt checkten wir in unserem gemütlichen Hotel ein und begaben uns auf Besichtigungstour. Das hübsche Städtchen gefiel uns auf Anhieb. Am meisten interessierte uns die Stiftsruine, in der Andrea Cleven als Marie auftreten würde. Wie im Film würde der Schurke erneut von Julian Weigend gespielt werden.

Neben unseren Agentinnen Lianne und Isabel waren auch Freunde mit von der Partie, darunter die Autorin Iris Klockmann sowie die Bloggerinnen Carmen aus der Gegend um Heidelberg und Moni aus Bad Hersfeld, beide mit ihren Ehemännern. Wir kannten sie schon seit vielen Jahren und freuten uns sehr, sie wiederzusehen. Dank Moni lernten wir die „Landlust" kennen, die während unseres Aufenthalts in Bad Hersfeld zu unserem Stammcafé wurde.

Waren wir aufgeregt? Vermutlich schon. Ein Theaterstück ist etwas grundsätzlich anderes als ein Film. Bei Letzterem kann man eine Einstellung so lange wiederholen, bis sie sitzt. Auf der Bühne muss alles beim ersten Mal passen. Und das tat es – fast. Das Wetter machte nämlich nicht mit. Es regnete immer wieder, und es war für die Jahreszeit viel zu kalt. Während wir uns auf den Zuschauerrängen mit warmen Decken gegen die abendliche Kühle schützen konnten, musste Andrea Cleven bei acht Grad nur mit einem dünnen Hemdchen bekleidet ihre Rolle spielen. Iny, die sie nach der Premiere umarmte, hatte das Gefühl, einen Eiszapfen an sich zu drücken. Uns tat Andrea fürchterlich leid, und wir konnten für sie nur hoffen, dass es an den anderen Abenden, an denen die Wanderhure in Bad Hersfeld gespielt wurde, wärmer sein würde.

Es war eine grandiose Aufführung. Noch während wir den Schauspielerinnen und Schauspielern gratulierten, tauchten auch schon die ersten Journalisten auf und fragten uns, wie uns die Vorstellung gefallen habe. Die Antwort war einfach: Wir fanden Andrea Clevens Darstellung der Marie wunderbar und Jörg Weigend als Ruppertus Splendidus genial. Die Zuschauer empfanden offenbar ähnlich, denn der Applaus war ohrenbetäubend, und wir hörten viele begeisterte Kommentare. Für Isabel, die in jungen Jahren selbst bei Freilichtaufführungen mitgespielt hatte, war es die Erfüllung eines Traums. Und auch Lianne genoss den Abend in vollen Zügen. Unsere tapfere Agentin hatte jahrelang für „Die Wanderhure" gekämpft und sich nie entmutigen lassen. Mit dem Film und dem Theaterstück hatte sich all der Aufwand nun wahrlich gelohnt.

Wir feierten mit den Schauspielerinnen und Schauspielern noch die erfolgreiche Premiere und kehrten in Hochstimmung in unser Hotel zurück. Am nächsten Tag durften wir uns in das Goldene Buch der Stadt Bad Hersfeld eintragen – in das dritte nach Dettelbach in Unterfranken und Sulzbach im Saarland. Wir

*Eintrag in das Goldene Buch der Stadt Bad Hersfeld.*

erfuhren bei dieser Gelegenheit, dass sich zwei Tage nach uns der damalige Bundespräsident Gauck und der österreichische Bundespräsident Fischer dort eintragen würden. So stehen hier unsere Namen vor denen zweier sehr prominenter Herren.

Für uns hieß es dann, Abschied von Bad Hersfeld zu nehmen und nach Hause zu fahren. Nicht Abschied nehmen mussten wir hingegen von Marie und der Bühne.

Bereits im Spätherbst 2014 erreichte uns die Nachricht, dass der renommierte Theaterwissenschaftler und Regisseur Dr. Alfred Meschnigg „Die Wanderhure" im Rahmen des Südtiroler Theatersommers 2015 auf Burg Runkelstein bei Bozen aufführen würde. Natürlich wollten wir da nur zu gerne dabei sein, und so freuten wir uns sehr, als wir die Einladung nach Bozen erhielten. Die Strecke durch Tirol und über den Brenner war uns bereits vertraut. Auf dieser Strecke ist es angeraten, den Bleifuß zu Hause zu lassen, denn die Tiroler haben ein strenges Tempolimit verhängt, und wer es nicht beachtet und erwischt wird, dem fallen angesichts des Bußbescheids schier die Augen aus dem Kopf. Wir hielten uns daran, Elmar etwas genauer und Iny zumindest noch zufriedenstellend. Und so kamen wir gut nach Bozen und zu unserem Hotel, stellten unseren Kleinbus auf einem für das Hotel reservierten Teil der öffentlichen Tiefgarage ab und bezogen unsere Zimmer, bevor wir den Charme der Stadt bei einem Getränk auf einer Freischankfläche am Marktplatz auf uns wirken ließen. Trotz der sommerlichen Hitze trank Iny ihren unvermeidlichen Tee, während Elmar sich eine kleine Rotweinschorle gönnte. Dabei sahen wir uns aufmerksam um, denn für Schriftsteller sind Menschen unwillkürlich Studienobjekte, und man überlegt sich bei anderen Gästen oder Passanten, wie man sie in einen Roman einbauen könnte.

Zum Abendessen trafen wir uns mit Alfred Meschnigg und beschnupperten einander interessiert. Ebenso wie wir in unseren Romanen lässt auch er Figuren lebendig werden, nur eben auf der Theaterbühne. Das Gespräch war sehr intensiv, und als wir uns trennten, schien es, als würden wir uns bereits seit vielen Jahren kennen.

Am nächsten Tag standen wir einem lokalen Fernsehsender und einer Zeitung Rede und Antwort. Spätnachmittags ruhten wir uns im kühlen Hotel noch ein wenig aus, um am Abend frisch zu sein, denn selbst da waren es noch vierunddreißig Grad im Schatten. Während im Jahr zuvor in Bad Hersfeld die Schauspielerinnen und Schauspieler arg hatten frieren müssen, war es in Südtirol regelrecht schweißtreibend.

Schloss Runkelstein ist über eine schmale Straße und einen Wanderweg zu erreichen. Alfred Meschnigg verfügte als Regisseur über einen der spärlichen Parkplätze und nahm uns bis dorthin mit. Da das letzte Stück Weges zur Burg so steil war, dass Iny es trotz ihrer Krücken nicht bewältigen konnte, wurde sie mit einem jener Mini-Transporter hinein- und später wieder herausgefahren, wie er so klein und schnuckelig nur von Italienern gebaut werden kann. Jedes normale Auto wäre an der engen Zufahrt gescheitert.

In der Burg lernten wir einige der Akteure kennen. Wir signierten Bücher, sprachen erneut in Mikrofone und nahmen dann mit großer Vorfreude unsere Plätze ein. Extra für das Stück war eine Tribüne mit hundertzwanzig Sitzen errichtet worden. Das Interesse für die Vorführungen war jedoch gewaltig, sodass auch die Zugangsstufen der Tribüne und der Wehrgang der Burg genutzt wurden. Da selbst die Zinnen als Sitzplätze verwendet wurden, konnten schließlich mehr als zweihundert Zuschauer die Aufführung verfolgen. Alfred Meschnigg erzählte uns später, dass sie wegen des großen Ansturms bereits drei Zusatzvorstellungen eingeplant hatten.

Wir saßen nahe der Bühne. War die Stiftsruine in Bad Hersfeld bereits eine beeindruckende Kulisse gewesen, so bot Schloss Runkelstein den idealen Rahmen für „Die Wanderhure". Alfred Meschnigg bezog bei seiner genialen Aufführung nicht nur die Bühne mit ein, sondern auch Teile des Schlosshofs, die von den Zuschauerrängen einzusehen waren. Die Schauspielerinnen und Schauspieler stammten von Bühnen in ganz Südtirol und boten ein grandioses Spiel, vor allem die junge Katharina Gschnell als Marie. Wir waren begeistert und die Zuschauer schier aus dem Häuschen.

Auch wenn wir Profis des Wortes sind, fällt es uns wie schon für den Film und für die Uraufführung in Bad Hersfeld schwer, die richtigen Worte zu finden: Gänsehaut, Herzklopfen, Freude, Erregung – das alles beschreibt es nur unzureichend. Es hat uns im tiefsten Inneren berührt zu sehen, was aus dem kleinen Pflänzchen geworden war, dessen Samenkorn wir mit unserer ersten Rechercherreise nach Konstanz gesät hatten.

Nach der Aufführung feierten wir in der Burgschänke von Schloss Runkelstein mit Alfred Meschnigg und den Schauspielern die gelungene Inszenierung, bis schließlich der Bettzipfel winkte und es zurück ins Hotel ging.

Am nächsten Morgen gab es ein Frühstück mit Alfred Me-schnigg und dem Südtiroler Landesrat für Kultur, der uns erzähl-te, dass einige Interessierte, die trotz Zusatzvorstellungen leer ausgegangen waren, versucht hatten, über ihn noch an Karten zu gelangen. Anschließend genossen wir eine Privatführung durch Schloss Runkelstein. Es ist daher kaum verwunderlich, dass Runkelstein später zu einem Schauplatz in unserem Roman „Der Fluch der Rose" wurde.

Als wir nach dem Mittagessen aufbrechen wollten, sahen wir uns wieder einmal mit einem Tiefgaragenproblem konfrontiert. Obwohl wir unsere Parkgebühr im Hotel bezahlt hatten, zeigte der Automat an der Schranke Elmar die lange rote Zunge, als er den Parkschein hineinschob. Wir sollten gefälligst die Park-gebühr bezahlen, stand da zu lesen. Elmar stellte den Wagen ab und ließ sich an der Rezeption einen neuen Parkschein geben.

*Burg Runkelstein bei Bozen, Schauplatz einer grandiosen Aufführung der Wanderhure.*

Es folgte genau das gleiche Spiel. Der Automat nahm das Ticket nicht an. Uns blieb nichts anderes übrig, als erneut zurückzustoßen, was einen Fahrer, der uns Platz machen musste, zu einigen nicht zitierfähigen Worten bewegte. Danach kehrte Elmar, dem mittlerweile leichte Rauchwolken aus den Nüstern quollen, zum Hotel zurück. Er bekam einen dritten Zettel. Diesmal klappte es endlich, und wir konnten die Tiefgarage verlassen.

Unsere Verbindung zu Dr. Alfred Meschnigg ist nicht abgerissen. So war er 2017 dankenswerterweise unser Führer bei unseren Recherchen in Kärnten, Slowenien, Friaul und Venedig. Und auf Schloss Runkelstein hoffen wir noch ein weiteres Mal miterleben zu dürfen, wie Protagonisten eines unserer Romane auf der Bühne Gestalt annehmen.

Nach den wunderbaren Aufführungen auf Freilichtbühnen geht die Theatergruppe „Theaterlust" seit 2016 in Deutschland und Österreich auf Tournee und beweist seither mit Nachdruck, dass sich „Die Wanderhure" auch für kleinere Bühnen eignet. 2020 werden Anja Klawun und ihre Mitstreiterinnen und -streiter „Die Wanderhure" auf die Bühne bringen. Wir hatten das Vergnügen, die Aufführung 2016 und 2018 anzusehen, und fanden, dass sie nichts von ihrer Anziehungskraft verloren hat. Es ist bewundernswert, wie es der Truppe um den Impresario Thomas Luft gelingt, mit einfachen Mitteln ein wahres Feuerwerk auf die Bühne zu zaubern. Und so hat es uns nicht verwundert, dass die Kompanie mit dem dritten Platz des renommierten Theaterpreises „Die Neuberin" ausgezeichnet wurde.

Mittlerweile haben wir eine weitere grandiose Premiere der „Wanderhure" erleben dürfen, und zwar auf der Naturbühne in Trebgast und damit unweit des Ortes in Franken, aus dem Elmars Eltern stammen. Es war ein Gänsehauterlebnis, und wir drücken der Hauptdarstellerin Sabrina Schmitt, der Regisseurin Anja Dechant-Sundby und allen Mitwirkenden die Daumen für die weiteren Vorstellungen.

# 16.
# Auf den Spuren der Pilgerin

Die „Wanderhure" war so erfolgreich gewesen, dass wir uns kaum vorstellen konnten, auch nur halbwegs daran anknüpfen zu können. Wir verfolgten jedoch weiter unsere Pläne.

Jahre zuvor waren wir bereits einmal mit dem Wohnwagen in die Pyrenäen gefahren und hatten Lourdes besucht. Damals schrieben wir zwar noch Heftromane, doch schon bei diesem ersten Lourdes-Besuch liebäugelten wir mit der Idee, einen Roman über eine Pilgerreise zu schreiben. Da der Wallfahrtsort für einen Mittelalterroman zu jung war, wurde es in der „Pilgerin" dann Santiago de Compostela. Doch auch Lourdes vergaßen wir nicht, sondern verfrachteten in einem unserer Heimatromane eine oberbayerische Dorfgemeinschaft in einen Bus und ließen sie mitsamt ihren Problemen dorthin fahren.

Wir beschlossen, den Pilgerweg nach Santiago in zwei Abschnitten abzufahren. Der erste Teil sollte uns im Frühjahr bis in die Pyrenäen führen, der zweite im Herbst hatte nach einer raschen Anreise durch Frankreich Santiago selbst als Ziel.

Die erste Reise sollte mit gewissen Abstechern den alten Pilgerwegen folgen. Unser erster Stützpunkt war Bad Zurzach in der Schweiz. Von diesem Platz aus konnten wir alle für uns wichtigen Orte sowohl im angrenzenden Baden-Württemberg wie auch in den umliegenden Schweizer Kantonen anfahren. Dabei nutzten wir die Gelegenheit, dem Rheinfall von Schaffhausen einen Besuch abzustatten.

Ehrlich gesagt ist uns allerdings der Campingplatz in Zurzach selbst am ehesten im Gedächtnis geblieben. Zwar war er ordentlich ausgestattet, allerdings hätten wir schon gerne vorher gewusst, dass es in den Duschen erst ab sieben Uhr warmes Wasser gab. Am ersten Morgen waren wir zehn Minuten früher dort, warfen brav jeder ein Fränkli ein und fühlten uns dann an die Szene im Film „Und täglich grüßt das Murmeltier" erinnert, in der Bill Murray in die Dusche steigt und kreischend wieder herausspringt, weil es nur kaltes Wasser gibt.

Ein weiterer Nachteil unseres Platzes war, dass wir nahe einer Ampelkreuzung geparkt hatten. Jedes Mal, wenn in der Nacht ein Lkw bei Rot halten musste und dann mit großem Einsatz des Gasfußes wieder angefahren wurde, zitterte unser Wohnwagen, und der Lärm riss uns aus den schönsten Träumen.

Wir waren daher froh, als wir genug gesehen hatten und weiterreisen konnten. Unser nächster Platz lag südlich von Bern und war ebenfalls sauber. Vor allem aber gab es warmes Wasser zu Zeiten, in denen wir es brauchten, und wir konnten von dort aus entspannt das Schweizer Mittelland erkunden, sodass unsere Pilgerin Tilla in jener Gegend später ein folgenschweres Abenteuer erleben konnte.

Danach machten wir einen größeren Sprung, denn es erschien uns sinnlos, alle Stellen hintereinander abzuklappern, um am entferntesten Punkt der Reise dann feststellen zu müssen, dass man nonstop nach Hause durchfahren kann, weil man alles schon gesehen hat. Also bewahrten wir uns noch einige Schauplätze für den Rückweg auf.

Für diese Fahrstrecke hatten wir auch unseren ersten Abstecher geplant, nämlich ins Rhone-Delta und die dortigen alten Städte, die uns Einblick in die mediterranen Lebensverhältnisse boten. Neben Saintes-Maries-de-la-Mer war dies vor allem Aigues-Mortes, das im Mittelalter einer der wichtigsten französischen Häfen des Mittelmeers war. Wir kamen kaum zum Durchatmen, denn wir waren ständig unterwegs, bewunderten die Landschaft und besuchten jedes erreichbare Museum. Auf einer dieser Fahrten entdeckten wir neben der Brücke über einen Rhone-Arm einen Stand, an dem Spargel und Muskatellerwein verkauft wurden. Die Folge war, dass wir dort noch öfter vorbeikamen und bei unserem Aufenthalt in der Camargue größtenteils von Spargel lebten. Ein kleines Schlückchen Muskatellerwein als Schlaftrunk lernten wir ebenfalls zu schätzen.

Als wir uns in Saintes-Maries-de-la-Mer in einem Café eine Erfrischung gönnten, wurde es draußen auf einmal laut, und kurz darauf trieb eine Gruppe Gardians auf schneeweißen Camargue-Pferden ein halbes Dutzend schwarzer Camargue-Stiere vorbei. Elmar erinnerte sich daran, in der Stadt Plakate gesehen zu haben, die einen Stierkampf ankündigten, und erklärte, ihn besuchen zu wollen. Das hätte beinahe in einem Ehekrach geendet, denn Iny erklärte mit kaum verhohlenem Zorn, wenn er unbedingt hinwolle, könne er das allein tun. Anders als sie wusste Elmar längst, dass sich der provenzalische Stierkampf deutlich von dem in Spanien unterschied, und konnte Iny überzeugen, ihn zu begleiten.

Kurz darauf saßen wir weit oben in der Arena, während unten weiß gekleidete junge Männer, Razeteurs genannt, versuchten, den Stieren Quasten von Hörnern und Stirn zu reißen. Stierkämpfe in der Provence sind grundsätzlich unblutig, es sei denn, ein Stier erwischt einen der Männer mit den Hörnern.

Längst amüsierte sich auch Iny köstlich, als schließlich die erfahreneren Stiere in die Arena gelassen wurden. Mit denen war nicht mehr so leicht Haschmich zu spielen. Die Razeteurs mussten alles geben, um an die begehrten Quasten zu kommen, und sie errangen auch nicht alle. Zuletzt erschien der Meisterstier. Er musterte kurz die Razeteurs, die gegen ihn antreten wollten, raste dann aus dem Stand los und trieb einen Teil davon über die hölzerne Bande. Damit noch lange nicht zufrieden, setzte er ihnen nach, zerfetzte die dicken Bretter, die die Männer vor den Stieren schützen sollten, sodass sich Razeteurs in die höheren Zuschauerränge zu retten versuchten. Als der Stier diese Aktion auf der anderen Seite der Arena wiederholt hatte, wagte sich kaum einer der Razeteurs an ihn heran, und das imposante Tier verließ nach fünfzehn Minuten als Sieger mit sämtlichen Quasten die Arena.

Nun war uns klar geworden, warum der Wettstreit mit Stieren in dieser Gegend nicht Stierkampf, sondern Course de Taureaux, Stierrennen, oder Course à la cocarde genannt wird. Um diese Erfahrung reicher folgten wir weiter den verschlungenen Spuren unserer Pilgerin.

Unser Weg führte uns nun über Montpellier, Narbonne, Carcassonne und Tarbes nach Lourdes. Von hier aus wollten wir Abstecher in die Pyrenäen hinein und bis nach Roncesvalles machen. Der Campingplatz lag ein paar Kilometer von Lourdes entfernt und gehörte nicht direkt zum Einzugsgebiet des Wallfahrtsorts. Dies begriffen wir allerdings erst, als wir den Platz erreicht hatten. Dort standen wir erst einmal vor der geschlossenen Schranke und kratzten uns am Kopf. Nicht anders erging es dem Fahrer eines Wohnwagengespanns, der kurz nach uns gekommen war. Erst nach geraumer Zeit kam eine junge Frau hinzu, musterte die beiden Gespanne und öffnete die Schranke. Zu unserer Verwunderung waren wir nun allein auf weiter Flur, denn außer uns Neuankömmlingen war kein anderer Camper da.

Die Aufklärung kam beim Studieren der Unterlagen, die wir von der jungen Dame erhielten. Bei der Planung hatten wir nicht auf die Öffnungszeiten geachtet und stellten nun fest, dass wir zu früh gekommen waren, der Campingplatz öffnete offiziell erst am nächsten Tag. Mit unseren ebenfalls aus Deutschland stammenden Nachbarn tauschten wir uns darüber aus, wie dankbar wir sein durften, dass uns das nicht in Deutschland passiert war. Dort hätten wir vermutlich bis zum nächsten Tag auf der Straße stehen bleiben müssen.

*Eine herrliche Landschaft – der Cirque de Gavarnie in den Pyrenäen.*

Für uns bot der Campingplatz die beste Gelegenheit, den weiteren Spuren unserer Pilgerin zu folgen. In dieser Gegend würde sie später etliche Abenteuer erleben. Wir hatten zudem das Glück, eine sehr bewegte Zeit – nämlich ein Jahr inmitten des Hundertjährigen Krieges zwischen Frankreich und England – als Hintergrund verwenden zu können. Auch in religiöser Hinsicht war das hochinteressant, da sich damals immer wieder Gruppen von Menschen zusammenfanden, die ihrer eigenen Vorstellung des Christentums folgen und sich nicht dem Diktat der Kirche beugen wollten.

Wir besuchten Bagnères-de-Bigorre und Foix, ein Tagesausflug führte uns bis Roncesvalles. Von dort aus wollten wir im Herbst weiter nach Santiago, während auf dieser Reise die französischen Orte im Vordergrund standen. Natürlich fuhren wir auch einmal nach Lourdes und besichtigten die Kathedrale. Beim anschließenden Cafébesuch konnten wir von unserem Tisch in der ersten Etage gemütlich zuschauen, wie sich die Busse mit den Pilgern und Touristen durch die engen Straßen quälten. Auf diesen Straßen waren auch die Pilgergruppen zu Fuß unterwegs. Direkt vor uns trafen zwei dieser Gruppen aufeinander. „Eichstätt grüßt Eichstätt!", rief einer der Pilgerführer der anderen Gruppe zu. Sie stammten aus demselben Bistum und hatten sich zufällig mitten im Wallfahrtsort getroffen.

Von Lourdes aus ging es tiefer in die Pyrenäen hinein. Unser Ziel war der Cirque de Gavarnie, ein gewaltiges, fast kreisrundes Tal, zum größten Teil umschlossen von steil abfallenden Felswänden. Zuerst nutzten wir ebenso wie andere Besucher das Angebot, vom Ort aus mit dem Pferd hinzureiten. Wir hatten ein paar Jahre zuvor in Österreich Reitunterricht genommen und konnten daher die Pferde selbst lenken. Die Zeit, die uns zur Besichtigung blieb, war jedoch so kurz bemessen, dass wir anschließend noch einmal zu Fuß hochwanderten, um uns dieses Naturwunder genauer anzuschauen.

Am nächsten Tag hieß es Abschied nehmen. Für die Rückfahrt hatten wir uns für eine andere Route entschieden, die ebenfalls von Santiago-Pilgern benutzt wurde, und machten halt in den Schluchten der Tarn. Die Gorges du Tarn bilden zwischen Sainte-Enimie und Le Rozier eine beeindruckende Canyonlandschaft.

Unser Campingplatz lag an einer leichten Schleife der Tarn. Zur Straße führte eine steile Auffahrt, die schwach motorisierten Wohnwagengespannen und Wohnmobilen arge Probleme bereiten dürfte. Unten erwartete uns ein ebenes Stück Land, gerade groß genug für den Campingplatz mit seinen Stellplätzen, dem Sanitärgebäude, einem Häuschen für die Rezeption und einem Aufenthaltsraum. Wir platzierten uns nicht weit vom Fluss, der etliche Meter tiefer an uns vorbeifloss.

Bereits im Vorfeld hatten wir die möglichen Schauplätze und Museen ausgesucht und hakten nun einen Punkt nach dem anderen auf unserer Liste ab. An den Abenden kehrten wir zum

Campingplatz zurück, setzten uns in den Wohnwagen und blickten auf den Fluss. Dabei beobachteten wir ein Camperpaar, das den Platz unseres Wissens seit ihrer Ankunft noch kein einziges Mal verlassen hatte. Wir schätzten den Mann auf Ende, die Frau vielleicht auf Anfang dreißig. Ihr Stellplatz lag noch näher an der Tarn – und sie hielten fast ständig ihre Angeln ins Wasser. Sie verfügten über eine gewiss nicht billige Angelausrüstung und saßen stundenlang schweigend da. Allerdings haben wir nie gesehen, dass sie je einen Fisch gefangen hätten. Elmar nannte sie zuletzt spöttelnd die „Karpfenjäger".

Bei schönstem Wetter unternahmen wir auch eine Bootsfahrt auf der Tarn, ein Höhepunkt dieser Reise. Um uns herum ragte die steile Schlucht bis zu fünfhundert Meter empor. Dazu kamen die kleinen Stromschnellen, die unser Bootsführer geschickt überwand, und das glasklare Wasser des Flusses mit seinem Fischreichtum. Tatsächlich sahen wir Exemplare von einer Größe, die selbst die Mägen einer hungrigen sechsköpfigen Familie überfordert hätten. An diesen Stellen, meinte Elmar, sollten unsere „Karpfenjäger" angeln, dann würden sie auch etwas fangen.

So idyllisch unser Aufenthalt an der Tarn auch begonnen hatte, so abenteuerlich endete er.

Nach drei Tagen begann es zu regnen. Wir verfolgten jedoch weiterhin unsere Pläne, besuchten Castelbouc und blieben nach einem kurzen Rundgang durch Sainte-Enimie in einem Café sitzen. Draußen prasselte der Regen herab und tauchte das Land in trübes Grau. Das wunderbare Licht und der blaue Himmel der letzten Tage waren wie ausgelöscht. Wir fanden es zwar schade, waren aber dankbar, unsere Liste so weit abgearbeitet zu haben, dass wir am nächsten Tag weiterreisen konnten.

Als wir zum Campingplatz zurückfuhren, glichen die Straßen Bächen. Die Wasser spritzte bei jeder Pfütze höher als unser Autodach, und aus den Felswänden, die die Straße säumten, lief das Nass aus jedem Spalt und jeder Ritze. Wir richteten uns auf eine unangenehme Weiterreise ein – dann ja auch wieder mit Wohnwagen –, sollte es am nächsten Tag ähnlich heftig regnen.

Diesmal saßen unsere „Karpfenjäger" nicht am Ufer und angelten, sondern in ihrem Wohnmobil und blickten trübsinnig hinaus. Wir stellten unser Auto ab, sahen zum Fluss hinunter – und erstarrten. Er war während unserer Abwesenheit so stark angeschwollen, dass er nur noch einen knappen Meter tiefer hinter unserem Standplatz vorbeifloss. Mit einer gewissen Sorge, ob das gut gehen würde, legten wir uns schließlich ins Bett.

Um zwei Uhr nachts klopfte es heftig an unsere Wohnwagentür. Die Campingplatzbetreiberin erklärte uns aufgeregt, dass eine weitere Hochwasserwelle gemeldet worden sei und der Campingplatz daher geräumt werden müsse. Während Iny alles im Wohnwagen verstaute, drehte Elmar die Stützen hoch. Die beiden hinteren wurden dabei bereits vom Wasser der Tarn umspült. Bei den „Karpfenjägern" war das noch schlimmer. Der Mann hätte seine Angelstiefel anziehen sollen, denn mit seinen Halbschuhen holte er sich nicht nur nasse Füße, sondern auch nasse Hosenbeine.

Die ersten Wohnwagengespanne brachen auf und hatten ihre liebe Not mit der steilen Auffahrt. Sie hätten auf dem Platz einen Bogen schlagen und Anlauf nehmen müssen, doch diese Stelle war bereits vom Fluss überspült. Auch wir mussten direkt auf die Auffahrt zufahren, kamen aber mit unserem Volvo V70, der 140 PS unter der Haube hatte, gut hinauf und wurden ebenso wie die anderen Wohnmobile und Gespanne von der Campingplatzbetreiberin an den Rand der Straße gelotst, um dort den Rest der Nacht zu verbringen. Danach packten alle mit an, um in Sicherheit zu bringen, was das Hochwasser vom Campingplatz hinwegschwemmen könnte. Mit vereinten Kräften wurde alles in dem etwas höher gelegenen Sanitärgebäude verstaut.

Da es mittlerweile auf vier Uhr morgens zuging, meinte Elmar, dass wir eigentlich gleich aufbrechen könnten. Die Betreibe-

rin erklärte uns jedoch, dass die Straße an einigen Stellen bereits
überflutet wäre und es zu gefährlich sei, sich in der Dunkelheit
auf den Weg zu machen.

Wir versuchten daher noch zwei Stunden zu schlafen. Danach zahlten wir und brachen auf. Es regnete noch immer,
und der Campingplatz unter uns glich einem See. Dazu war
die Straße durch den steten Regen glitschig geworden. Wir
waren sehr froh über die Pferdestärken unter unserer Motorhaube, denn ein schwächeres Auto hätte sich bei diesen Bedingungen schwergetan, den Wohnwagen die steilen Serpentinen
hinaufzuziehen. Als der Regen nachließ und es sogar ein wenig
aufklarte, konnten wir im Lauf des Vormittags sogar noch ein
wenig von der Landschaft sehen.

Unser nächster Stopp war Vesoul in Burgund. Zunächst sah
alles gut aus. Wir erhielten unseren Standplatz, stellten den
Wohnwagen auf und meinten, dass wir hier wohl kaum damit
rechnen müssten, vom Hochwasser vertrieben zu werden. Es war
das Wort zu viel. Denn kaum hatte Elmar das Wort Wasser ausgesprochen, da öffnete Petrus erneut sämtliche Schleusen, und
es begann ein Wolkenbruch, der nach einiger Zeit in einen kräftigen Landregen überging. Da kein Fluss in der Nähe war und
damit kein Hochwasser drohte, zuckten wir mit den Schultern
und legten uns schlafen.

Am nächsten Morgen holte Elmar erst einmal die Regenjacken
aus dem Auto, damit wir halbwegs trocken zum Sanitärgebäude kamen. Da es nach dem Frühstück immer noch Katzen und
Hunde regnete, traten wir unser Besichtigungsprogramm doch
etwas missmutig an. Wir hatten uns für diesen Aufenthalt nur
einen Tag vorgenommen und schlichen daher schon bald nass
bis auf die Knochen durch Vesoul und die Orte, die auf unserer
Liste standen.

Als wir am Abend zum Campingplatz zurückkehrten, regnete
es womöglich noch stärker, und der Boden wirkte schwammig.

An diesem Abend waren wir froh, am nächsten Tag weiterfahren zu können. Der Morgen kam, es regnete mittlerweile Maine Coons und Bernhardiner, und als wir zum Sanitärgebäude gingen, schwappte der Boden unter unseren Füßen. Nach dem Frühstück bereiteten wir alles für die Weiterfahrt vor. Elmar kurbelte die Stützen hoch, setzte sich ins Auto und wollte losfahren. Aber es ging nichts mehr!

Die Räder unseres Autos drehten in dem zu Schlamm gewordenen Boden durch. Als Iny vorschlug, zur Rezeption zu gehen und uns abschleppen zu lassen, wollte Elmar noch einen Versuch wagen und schob die Plastikgitter, die wir normalerweise vor dem Wohnwageneingang benutzen, so vor die Räder, dass diese Halt fanden. Auf diese Weise brachte er das Auto Stück für Stück auf den asphaltierten Zufahrtsweg. Den Wohnwagen anzuhängen war jedoch unmöglich, denn der stand mitten in der Wiese. Zum Glück hatten wir ein Abschleppseil im Kofferraum. Elmar befestigte es an der Wohnwagendeichsel und der Anhängekupplung des Autos und zog den Wohnwagen damit aufs Trockene. Unsere französischen Platznachbarn hatten ebenfalls Probleme und übernahmen unsere Methode, nachdem sie ihr Auto mit vereinten Kräften aus dem Schlamm geschoben hatten.

Wir verließen Vesoul, das seitdem für uns immer mit Schlamm in Verbindung gebracht wird, und steuerten den letzten Haltepunkt dieser langen Recherchereise an. Eigentlich hätten wir von Vesoul aus über Mulhouse, Freiburg und Stuttgart nach Hause fahren können. Uns fehlte aber noch ein Stück des Weges, und so machten wir einen Schlenker nach Süden und blieben noch für zwei Tage in Annecy, um einige Wege in den französischen Alpen abzufahren. Von dort aus ging es dann durch die Schweiz Richtung Heimat, um, wie Elmar sich ausdrückte, die Autobahnvignette auch auszunutzen.

Wieder zu Hause arbeiteten wir an unseren aktuellen Romanen weiter und entdeckten wenig später im Internet, dass gleich zwei historische Romane von renommierten Autorinnen über eine Pilgerschaft nach Santiago de Compostela angekündigt wurden. Da sagten wir uns, dass ein dritter Roman mit diesem Thema wohl überflüssig sei. Aus diesem Grund strichen wir die Herbstfahrt nach Santiago und nahmen uns ein anderes Rechercheziel vor. Doch direkt nach unserer Rückkehr ereilte uns die Anfrage des Verlags, bis wann wir denn nun unseren Pilgerroman abliefern könnten, da sie ihn für das nächste Jahr einplanen würden. Unser Verweis auf die beiden konkurrierenden Bücher über Santiago-Pilger verfing nicht, denn kurz zuvor hatte Hape Kerkeling mit „Ich bin dann mal weg" einen Bestseller gelandet, und da wollte man sich einen Pilgerroman mit Santiago als Ziel nicht entgehen lassen.

Was tun? Heute würden wir innerhalb einer Woche unsere Vorbereitungen treffen und losfahren. Aber zu jener Zeit waren wir noch in Lohn und Brot, wie es so schön heißt. Unser Jahresurlaub war verbraucht, und wir brachten gerade noch einen Tagesausflug nach Ulm zustande, das im Roman als Startpunkt der Reise eine Rolle spielt. Daher blieb uns nichts anderes übrig, als die Strecke von Roncesvalles nach Santiago de Compostela in Reiseführern und Reiseberichten nachzuvollziehen. Zum Glück fanden wir zusätzlich einige Aufzeichnungen aus dem Mittelalter, die uns gute Hinweise lieferten.

„Die Pilgerin" wurde einer unserer erfolgreichsten Romane und mit Josefine Preuß in der Hauptrolle als Zweiteiler für das ZDF verfilmt. Trotzdem bleibt bei uns immer noch ein kleiner Stachel, dass wir es bei der Recherche eben nicht ganz bis nach Santiago geschafft haben.

# 17.
# Feuerbraut und Dezembersturm

Da wir überlappend schreiben, brauchte Elmar eine neue Beschäftigung, während Iny „Die Pilgerin" überarbeitete. Wir hatten eine fantastische Idee für einen Roman, der im neunzehnten Jahrhundert spielen sollte, doch der Verlag bat uns dringend darum, im Mittelalter zu verbleiben. Zu jener Zeit mussten wir noch eine Reihe von Exposés vorlegen, und unsere Lektorin pickte sich die Rosinen heraus, die ihr gefielen.

Elmar musste nun einen Romanstoff finden, der rasch und ohne aufwendige Recherchereisen umgesetzt werden konnte. Eine Lesung in Neuburg an der Donau schlug einen ersten Funken, der durch mehrere Tagesausflüge nach Neuburg sowie in das Altmühltal angefacht wurde. Dazu wählten wir Schauplätze, die wir bereits kannten, und so legten wir dem Verlag das Exposé der „Feuerbraut" vor. Darin muss eine junge Adelige im Verlauf des Dreißigjährigen Krieges aus ihrer Heimat vor den Schweden fliehen. Eine kleine Nebenrolle spielen dabei auch König Gustav II. Adolf von Schweden und der kaiserliche Feldherr Albrecht von Wallenstein. Unsere Lektorin war rasch überzeugt, sodass wir mit diesem Roman beginnen konnten, ohne größere Reisen planen zu müssen.

Der Gedanke an den Roman aus dem neunzehnten Jahrhundert ließ uns jedoch nicht los. Unsere Agentin Lianne bearbeitete den Verlag dann so lange, bis wir tatsächlich grünes Licht für „Dezembersturm" erhielten. Auch dieser Roman hat im Übrigen eine Vorgeschichte aus jenen Tagen, in denen wir zwar schon mit

*Packesel Elmar bei unserem ersten Besuch auf Helgoland.*

dem Wohnwagen gereist sind, aber noch keine Iny-Lorentz-Romane geschrieben haben. Schon immer sind wir unruhige Geister, die es nie lange an einer Stelle aushalten, und unternehmen daher gerne längere Reisen mit etlichen Stellplätzen. Für eine Herbstreise hatten wir damals den Plan gefasst, die Nordseeküste von Belgien aus bis nach Ostfriesland abzufahren.

Um die Anfahrt zum Campingplatz in Lombardsijde in einem Rutsch zu schaffen, brachen wir mitten in der Nacht auf und hatten die Autobahn für mehrere Stunden fast für uns allein. Mit einem Wohnwagengespann kann man nicht schnell fahren, und so blieben wir brav auf der rechten Fahrspur. Die paar Tiefflieger, die mit knapp unter Schallgeschwindigkeit an uns vorbeidüsten, störten uns daher ebenso wenig wie wir sie. Nach unserer Ankunft stellten wir unseren Wohnwagen auf dem Campingplatz auf und fuhren erst einmal zum nächsten Supermarkt. Ein paar Vorräte haben wir zwar immer dabei, doch auf solchen Fahrten ernähren wir uns gerne aus dem Land, um auch in dieser Beziehung Erfahrungen zu sammeln. Elmar sammelte sie damals mit belgischen Biersorten. Zwar schmeckten die meisten gut, ein paar davon forderten seinem Gaumen jedoch einiges ab.

Wir waren allerdings nicht an die Nordsee gekommen, damit Elmar Biere testen konnte, sondern um in erster Linie Schifffahrtsmuseen zu besuchen. Es begann noch recht harmlos in Oostduinkerke und dem dortigen Fischereimuseum. Wir waren fasziniert davon, wie in vergangenen Zeiten Fische gefangen worden sind. Gepökelt, getrocknet oder geräuchert waren diese damals ein wichtiges Nahrungsmittel, da an den zahlreichen Fasttagen im Jahr der Genuss von Fleisch verboten war. Das Museum lohnte sich für uns, war aber noch kein Initialzünder für jene Idee, die uns später etliche Jahre lang verfolgen würde. In Oostduinkerke beobachteten wir auch die berühmten berittenen Krabbenfischer bei der Arbeit.

Mit der Kleinbahn, die unweit des Campingplatzes abfuhr, fuhren wir nach Ostende. Der etwas morbide Charme des alten Seebads begeisterte vor allem Iny. Länger umgesehen haben wir uns dort aber erst viele Jahre später. Auf dieser zweiten Reise konnten wir auch das Segelschiff *Mercator* besichtigen, das bei unserem ersten Besuch bedauerlicherweise nicht zugänglich gewesen war. Weiter ging es über die Inseln der niederländischen Provinz Zeeland nach s'Gravenzande. Auf den letzten Kilometern kratzten wir uns dabei kräftig am Kopf, denn wir fuhren durch eine völlig verglaste Landschaft. Gewächshaus stand an Gewächshaus, und folgerichtig war auch der Campingplatz an drei Seiten von Gewächshäusern umzingelt. Es war allerdings nicht weit bis zum Strand, und wir konnten jeden Abend unseren Spaziergang am Meer genießen.

Wir hatten diesen Campingplatz ausgewählt, weil er nahe an Hoek van Holland lag. Von dort aus gab es eine Schnellfähre nach Harwich, und wir konnten einen Tagesausflug nach Colchester in Essex buchen. Wir genossen den Bummel durch die schöne alte Stadt ebenso wie das Museum im Colchester Castle, das eine weit gespannte Ausstellung von der keltischen Zeit bis in die Moderne enthält.

Der Campingplatz in s'Gravenzande bot uns zudem die Gelegenheit, Den Haag und Scheveningen mit ihren Museen zu besuchen. Unser besonderer Liebling war jedoch Kijkduin, ein Vorort von Scheveningen, in dem es unserer Meinung nach die besten niederländischen Pfannkuchen und Poffertjes gab.

Nach fünf Tagen trieb uns unsere Unruhe weiter. Unser nächstes Ziel lag ein Stück nördlich von Amsterdam an der Nordseeküste. Wir verbrachten einen ganzen Tag im Schifffahrtsmuseum mit der nachgebauten Fleute *Amsterdam* und gerieten in eine Sonderausstellung, die uns faszinierte. Es ging um die Passagierschifffahrt von den Niederlanden zu den Kolonien in Surinam und dem heutigen Indonesien. Ein erster Gedanke an einen Roman, in dem die beginnende Dampfschifffahrt im neunzehnten Jahrhundert eine Rolle spielen sollte, glomm in uns auf.

Ein weiterer Ausflug führte uns nach Den Helder. Dort kehrten wir in einer urtümlichen Schifferkneipe ein und besichtigten ein altes russisches U-Boot, das als Museumsschiff im Hafen lag.

Unser nächstes Ziel war Neuharlingersiel in Ostfriesland. Auch hier waren wir viel unterwegs. Doch der Clou war unsere Fahrt nach Helgoland. Zunächst ging es mit der Fähre von Harlingersiel nach Wangerooge und von dort mit einem Bäderschiff auf die Insel. Das Schiff, das übrigens der Bundesbahn gehörte, hatte allerdings keine Stabilisatoren, und wir fuhren durch eine sehr bewegte See. Etliche Passagiere nahmen schon bald eine grünliche Farbe an. Wenig später waren die Toiletten überfüllt, und ein säuerlicher Geruch waberte durch die Gänge, denn nicht

*Iny bei unserem ersten Besuch auf Helgoland.*

jeder schaffte es in seiner Not bis zu den Toiletten. So fluchten die Besatzungsmitglieder schon bald über die Passagiere, die alles vollgespuckt hatten.

Wir blieben durch kräftige Anwendung von Pfefferminzöl von Übelkeit verschont, mussten zuletzt aber die Beine arg zusammenkneifen. Jeder Versuch, zur Toilette zu gehen, hätte wegen des dort herrschenden Gestanks auch uns zum Erbrechen gebracht. Wir waren daher sehr froh, als wir in Helgoland ausgebootet wurden und die Toiletten auf der Landungsbrücke stürmen konnten. Die Rückfahrt verlief zum Glück etwas ruhiger.

Auch in Ostfriesland besuchten wir etliche Museen, darunter das niedliche Buddelschiffmuseum in Neuharlingersiel. Danach ging es weiter nach Butjadingen und zu unserem Hauptziel, dem Deutschen Schifffahrtsmuseum in Bremerhaven. Es war damals zwar noch nicht ganz so groß wie heute, aber es gab eine Sonderausstellung über die Passagierschifffahrt des Norddeutschen Lloyd. Gebannt betrachteten wir die nachgebauten Kabinen und spannen erste Geschichten über die Passagiere, die in den verschiedenen Klassen reisten. Iny entdeckte im Museumsshop noch einen Stapel Bücher über die Passagierschifffahrt der deutschen Reedereien. Darunter befand sich ein Buch über den Untergang des Schnelldampfers *Deutschland* anno 1875 in der Themsemündung.

Iny war so begeistert von den vielen Einzelheiten, die der Sachbuchautor recherchiert hatte, dass sie bereits einige Monate später unserer Agentin einen Roman über das Unglück der *Deutschland* vorlegte. Lianne gefiel das Manuskript, doch sie merkte an, dass die Geschichte ihrer Meinung nach noch nicht ausgereizt sei. Es sollte noch einige Jahre dauern, doch als wir dann tatsächlich das „Go" für dieses Projekt erhielten, war es die Erfüllung eines Traums. Wir legten los, nicht ahnend, dass „Dezembersturm" unser erfolgreichster Roman außerhalb der Wanderhure-Reihe werden würde.

Damit war wahrlich nicht zu rechnen gewesen. Es gab im Gegenteil Warnungen davor, einen Roman zu schreiben, der im neunzehnten Jahrhundert spielt. Selbst aus Verlagskreisen bekamen wir immer wieder zu hören, dass wir bei unseren Mittelalterromanen bleiben sollten. Unsere Fans würden uns dafür lieben und uns gewiss nicht in die Zeit der Dampfschiffe und Eisenbahnen folgen wollen. Nun haben wir beide uns noch nie leicht von einem einmal gefassten Entschluss abbringen lassen. Außerdem hatten wir bereits viel Arbeit in dieses Thema investiert. So hatten wir das Schifffahrtsmuseum in Bremerhaven zweimal besucht und zahllose Bücher über die Seefahrt jener Epoche gesammelt. Längst stand zudem das Grundkonzept der Geschichte. (Unvergessen ist uns eine Fahrt mit Auto und Wohnwagen nach Dänemark, auf der Elmar zwischen Nürnberg und

Würzburg Lores späteren Ehemann Fridolin ins Spiel brachte und wir intensiv über die einzelnen Teile des Romans sprachen.) Jetzt zu kneifen und uns ein neues Mittelalterthema zu suchen kam nicht infrage. Ein Teil unserer Fans, so sagten wir uns, würde uns auch ins Jahr 1875 folgen. Mehrmals schon hatten wir mit Romanen Erfolg gehabt, die in angeblich „uninteressanten" Epochen spielen. Die „Fürstin", die damals noch unter dem Pseudonym Eric Maron erschienen ist, spielt schließlich nur gut einhundertdreißig Jahre vor dem „Dezembersturm".

Daher schlugen wir frohen Mutes alle Warnungen in den Wind und schrieben diesen Roman genauso, wie wir es wollten. Es hat sich, wie man sieht, gelohnt. Im Übrigen war es nicht das einzige Mal, dass wir unserem Gefühl mehr vertraut haben als gut gemeinten Ratschlägen. Und wenn wir von einem Thema überzeugt sind, werden wir das auch weiterhin tun.

# 18.
# Mit Lore von Trettin in Berlin

Als wir die frisch aufgesetzten Verlagsverträge für „Dezembersturm" durchblätterten, durften wir feststellen, dass dieser Roman zwei Brüder bekommen hatte, denn da stand schwarz auf weiß, dass es eine Trilogie werden sollte. Da musste Elmar erst einmal schlucken. Zum Glück braucht es bei uns meist nur einen kleinen Anstoß, um unsere Denkmaschinen ans Laufen zu bringen. Da der Verlag Berlin als Schauplatz vorgeschlagen hatte, war klar, dass wir erst einmal dorthin fahren würden, auch wenn wir die Stadt natürlich schon ein wenig kannten.

Das Schöne am Reisen mit dem Wohnwagen in der Nebensaison ist, dass man nur selten vorab buchen muss und die Reiseroute flexibel halten kann. Da wir unsere Arbeitgeber zu jenem Zeitpunkt bereits verlassen hatten und als freie Schriftsteller lebten, waren wir auch nicht auf Urlaub angewiesen. So konnten wir zwei bereits vereinbarte Lesungen mit unserer Recherche für „Dezembersturm" und dessen Fortsetzungen kombinieren.

Wegen seiner guten Bewertung wählte Elmar den Campingplatz im Stadtteil Kladow, der viele Annehmlichkeiten bereithielt. Von hier aus fuhr zudem eine direkte Buslinie ins Zentrum Berlins, und in der Nähe der Haltestelle existierte sogar ein Parkplatz, wo man das Auto auch länger als nur ein, zwei Stunden abstellen durfte.

Neugierig, wie wir waren, kämpfte Iny sich trotz ihrer Gehbehinderung ins obere Stockwerk des Doppeldeckerbusses, und schon ging es los. Was wir nicht gewusst hatten, war, dass diese

*Ausflugsschiff Moby Dick in Berlin. Wir fuhren damals auf einem weniger futuristischen Boot.*

Buslinie zunächst sehr, sehr lange nach Norden fuhr und erst nach einiger Zeit nach Osten in Richtung Zentrum abbog. Mit den vielen Haltestellen und dem teilweise zäh fließenden Verkehr dauerte es anderthalb Stunden, bis wir endlich das Stadtzentrum erreichten. Der Rückweg dauerte ebenso lange, und dadurch war die Zeit für unsere Exkursionen sehr viel knapper bemessen, als wir kalkuliert hatten. Wir hatten mehrere S-Bahn-haltestellen ausgewählt, von denen aus wir die umliegenden Straßen abgingen und uns vorzustellen versuchten, wie das Ganze knapp anderthalb Jahrhunderte früher ausgesehen haben mochte. Uns wurde rasch bewusst, dass auch das alte Berlin schon arg groß gewesen war und wir viel Strecke zu bewältigen hatten. Mit ihren Gehhilfen konnte Iny gut mithalten, dennoch konnten wir nur einen Teil unseres Programms durchziehen.

Daher konzentrierten wir uns auf jene Stellen, die für die beiden Fortsetzungsromane wichtig waren. Am letzten Tag in Kladow unternahmen wir noch eine Schifffahrt auf dem Wannsee und der Havel, um uns diese Ecke Berlins vom Wasser aus anzusehen.

Wieder zu Hause kamen wir zu dem Schluss, dass diese Fahrt zwar kein Schuss in den Ofen gewesen war, aber uns nicht so viel weiterbrachte, wie wir es uns erhofft hatten. Eine zweite Berlin Reise war unumgänglich. Zudem schien uns Berlin als Schauplatz für drei Romane zu eng. Für „Dezembersturm" hatte Elmar bereits einiges an Material über Ostpreußen besorgt, um die dortigen Handlungsstränge ausformen zu können. Und doch suchten wir noch mindestens einen weiteren Schauplatz für die beiden Folgeromane.

Ein paar Jahre zuvor hatten wir auf einer Fahrt Richtung Dänemark einige Tage auf dem Campingplatz am Blauen See in Garbsen halt gemacht, um dort Bekannte zu besuchen. Wir waren am und auf dem Steinhuder Meer gewesen und hatten die Umgebung erkundet. Auf der Rückfahrt waren wir zudem mehrere Tage in Soltau gewesen. Die Region war uns in bester Erinnerung geblieben, und so konnten wir uns unsere Heldin Lore dort gut als Gutsherrin vorstellen. Als wir erneut nach Berlin aufbrachen, planten wir einen zweitägigen Schlenker dorthin ein.

Für Berlin hatten wir uns diesmal für den Campingplatz in Kleinmachnow entschieden. Von dort konnten wir in wenigen Minuten den S-Bahnhof Wannsee erreichen. Eine lange und auch ermüdende Fahrt wie mit dem Bus in Kladow blieb uns so erspart. Nun konnten wir unser Besichtigungsprogramm auf die Museen auf der Museumsinsel ausweiten und standen andächtig vor der Nofretete und dem Ischtartor. Auch schafften wir es endlich, die Altstadt von Potsdam zu besichtigen und uns Schloss und Park Sanssouci anzusehen. Danach fühlten wir uns gerüstet, die Exposés für „Aprilgewitter" und „Juliregen" zu entwickeln. Allerdings konnten wir die drei Romane der „Trettin-Trilogie" nicht nacheinander schreiben, sondern mussten wegen der Erscheinungstermine jeweils einen anderen Roman dazwischenschieben.

# 19.
# Die mühsame Suche nach der Ketzerbraut

Nach Abgabe von „Dezembersturm" wollte der Verlag wieder etwas Mittelalterliches. Ganz so weit gingen wir chronologisch jedoch nicht zurück, denn wir beschäftigten uns mit der Zeit der Reformation und entwickelten den Plot der „Ketzerbraut".

Es folgten die kürzesten Rechercbereisen, die wir je unternommen hatten, denn der Roman spielt an drei Orten unweit von unserem Zuhause: in München, Augsburg und Innsbruck. Für Innsbruck reichte uns ein Tag, da die betreffende Stelle im Roman nur kurz war. Auf einem weiteren Tagesausflug folgten wir der Strecke, auf der unsere Heldin Veva nach Innsbruck hätte reisen sollen, aber unterwegs gescheitert war. In München selbst suchten wir nach den wenigen Überresten aus jener Zeit und bestimmten die Stellen, an denen einst Veva und die anderen Protagonisten dieses Romans gelebt hatten.

Von großer Wichtigkeit sind für uns bei jedem Roman Chroniken und Überlieferungen, die uns die jeweilige Epoche näherbringen. Bislang hatte es uns noch nie Probleme bereitet, an solche Unterlagen zu gelangen. Wir erklärten den Buchhändlern, was wir brauchten, und diese suchten uns das entsprechende Material heraus und gaben uns Buchtipps, wenn die Bände nicht vorrätig waren.

Mit dieser Erfahrung besuchte Elmar auch in München eine renommierte Buchhandlung und erklärte, er brauche eine möglichst genaue Chronik der Stadt.

Der Buchhändler griff ins Regal und legte ihm ein Buch hin. „Das ist das Richtige."

Als Elmar sie zu Hause zu lesen begann, rümpfte er schon bald die Nase. Die Chronik war oberflächlich geschrieben, enthielt nur die wichtigsten Daten und war somit für unsere Belange vollkommen ungeeignet.

Elmar sagte sich, dass der Buchhändler ihn vielleicht nicht richtig verstanden hatte, und fuhr erneut hin. Diesmal erklärte er ausführlich, dass er Bücher brauche, in denen die Zeit der Reformation in München genauer beschrieben sei. Der Buchhändler zog eine zweibändige Chronik aus dem Regal und legte sie ihm hin. In der Hoffnung, nun das bekommen zu haben, was er wollte, kaufte Elmar auch diese. Obwohl sie etwas ausführlicher war als das andere Werk, konnte man sie noch längst nicht mit den Chroniken anderer Städte vergleichen. Gerade für die Zeit, über die wir schreiben wollten, gab es nur ein paar kurze Einträge, die uns kaum weiterhalfen.

Nun machte Elmar sich daran, im Internet nach Büchern über München zu suchen. Bei den Chroniken fand er tatsächlich nichts Besseres, aber irgendwann stieß er auf „Das Rechnungsbuch der Stadt München", dessen erster Band, der auch unsere Zeit enthielt, allein schon weitaus dicker war als die gesamten Chroniken zusammen. Elmar betrat das Buchgeschäft daher ein drittes Mal und erklärte dem Buchhändler, dass er genau dieses Buch haben wolle. Der Mann rief es im Computer auf und sah Elmar spöttisch an.

„Was wollen Sie denn mit dem Ding?"

„Es bestellen", antwortete Elmar bestimmt, war allerdings kurz davor, es nun doch in einer anderen Buchhandlung zu versuchen.

Der Buchhändler bestellte das Buch, jedoch nicht ohne eine weitere dumme Bemerkung zu machen, sodass Elmar diesen Buchladen von da an nur noch ein einziges Mal betrat, und zwar,

*Der Schrannenplatz (jetzt Marienplatz) in München, wie ihn unsere Ketzerbraut Veva erlebt haben mag.*

um das bestellte Buch abzuholen. Es erwies sich den Aussprüchen des Händlers zum Trotz übrigens als Volltreffer. Doch noch war Elmars Suche nicht zu Ende.

Da das heutige München nur noch wenig mit dem von damals gemein hat, waren der historische Verlauf der Straßen und ihre Namen für uns von enormer Bedeutung. Ein Beispiel dafür ist der heutige Marienplatz, der zu Zeiten unseres Romans noch profan „Schrannenplatz" hieß. Elmar entdeckte im Internet ein Buch über die alten Straßennamen in München samt Stadtplan und genauer Beschreibung der einzelnen Stadtviertel. Diesmal verkniff er sich den Weg in die Buchhandlung und bestellte es gleich online, was wir äußerst ungern tun, da wir den örtlichen Buchhandel unterstützen wollen.

Mit diesen beiden Büchern und unseren Streifzügen durch München fühlten wir uns gut gerüstet, den Münchner Handlungsspielraum der „Ketzerbraut" anzugehen. Uns fehlte nun

*Die Fuggerei in Augsburg, eine der ersten Sozialsiedlungen der Welt.*

noch Augsburg, das damals zu den bedeutendsten Städten im Heiligen Römischen Reich deutscher Nation zählte. Zu jener Zeit lebte dort der Kaufherr Jakob Fugger, der als reichster Mann der Welt galt.

Bei unserem ersten Augsburg-Besuch verschafften wir uns einen Überblick über die Teile der Stadt, die in unserem Roman eine Rolle spielten. Dazu gehörten das Fuggerpalais und die Fuggerei. Dort nahmen wir zwar an einer Führung teil, doch fühlten wir uns noch längst nicht hinlänglich informiert. Zudem besichtigten wir das Rathaus mit dem Goldenen Saal, bevor es wieder nach Hause ging.

Durch Zufall lernten wir just in jener Zeit auf einer Veranstaltung die Augsburger Künstlerin Silvia Philipp kennen, die uns spontan anbot, uns bei unseren Recherchen in ihrer Heimat zu unterstützen. Wie ernst ihr dieses Versprechen war, zeigte sich, als sie uns nicht nur Informationsmaterial über ihre Heimatstadt besorgte, sondern auch bereit war, uns durch die Stadt zu führen und uns die Stellen zu zeigen, die für uns wichtig waren.

Dank ihrer Verbindungen erhielten wir eine Privatführung durch die Fuggerei und konnten dort mit einem der Herren sprechen, die für die Verwaltung verantwortlich waren. Das half uns sehr, Jakob Fugger sowie Martin Luthers Aufenthalt in Augsburg und seine Flucht vor der Verhaftung so authentisch wie möglich darzustellen. Anschließend zeigte uns Silvia noch die Augsburger Puppenkiste, die uns in unserer Jugend einige schöne Stunden geschenkt hatte.

So ging uns die Arbeit an der „Ketzerbraut" bald leicht von der Hand, und mit dem Ergebnis waren nicht nur wir zufrieden, sondern offenbar auch viele Leserinnen und Leser, denn der Roman hat sich sehr gut verkauft und wurde mit der fantastisch spielenden Ruby O. Fee in der Hauptrolle für Sat.1 verfilmt. Mehr können wir uns als Autorenpaar nicht wünschen.

Obwohl, einen Wunsch hätten wir vielleicht doch noch, nämlich die Umsetzung der „Ketzerbraut" als Bühnenstück. Nach den wundervollen Aufführungen der „Wanderhure", die wir seit 2014 erleben durften, wäre es einfach großartig, unsere Veva ebenfalls auf der Bühne zu sehen. Auch wenn wir keinen Einfluss darauf haben, so dürfen wir es uns doch wünschen. So mancher Wunsch, den wir in früheren Zeiten hatten, wurde irgendwann gegen jede Erwartung Wirklichkeit.

# 20.
# Die Flammen des Himmels

Dieser Roman war lange ein Herzensprojekt, das wir jedoch immer wieder zugunsten anderer Romane verschieben mussten. Wie bei der „Ketzerbraut" ging es um ein religiöses Thema, wir planten, unsere Heldin vor dem Hintergrund der Wiedertäufer in Münster agieren zu lassen.

Für die Recherchen konnten wir eine Reise zu einem Autorentreffen in Celle entsprechend ausdehnen. So besuchten wir in Detmold das große Freilichtmuseum. Außerdem wollte Iny unbedingt die Paderquellen in Paderborn sehen. Hier tritt Quellwasser an etlichen Stellen aus dem Boden. Daher hat man in früheren Zeiten Häuser über diesen Quellen errichtet, um frisches Wasser im Haus zu haben. Das Unsere wäre es allerdings nicht, in einem Haus zu wohnen, in dessen Keller eine Quelle entspringt und durch ein Loch in der Wand nach draußen geleitet wird. Wir bewunderten außerdem die eindrucksvolle Kapelle aus karolingischer Zeit. Deren ausgezeichnete Akustik legt eindrücklich Zeugnis davon ab, dass die Baumeister und Handwerker bereits vor zwölfhundert Jahren über enormes Wissen verfügten.

Unser nächstes Ziel war der uns schon vertraute Campingplatz am Blauen See bei Garbsen. Von dort aus fuhren wir zweimal nach Hannover, wo wir unter anderem die umfangreiche Sammlung des Historischen Museums bewunderten. Auch dem bezaubernden Hameln statteten wir einen Besuch ab, weil uns die Hintergründe um den Rattenfänger ebenso interessierten wie die malerische Altstadt mit ihren Fachwerkhäusern. Allerdings

*„Die Ordnung der Wiederteufer zu Münster" – schon damals waren die Druckerpressen eine Macht.*

gerieten wir dort – wie wir es auch schon in Rothenburg ob der Tauber erlebt hatten - in einen touristischen Massenbetrieb, in dem wir uns nicht so recht wohlfühlen. Wir ziehen stillere Ecken vor. Nun rief das Jahrestreffen von DELIA in Celle. DELIA ist eine Vereinigung von Autorinnen und Autoren, die sich die Förderung von Romanen auf die Fahnen geschrieben hat, in denen es auch, aber nicht ausschließlich um Liebe geht. Natürlich sind da vor allem Autorinnen und Autoren von reinen Liebesromanen vertreten, etliche aber schreiben auch Fantasy, Thriller, Kinderbücher oder wie wir historische Romane. Es wurde eine intensive und bereichernde Zeit. Für uns Autoren, die wir meist als Einzelkämpfer vor unseren Computern sitzen, ist das immens wichtig – selbst wenn wir beide ja einander haben.

Teil des Programms war eine abendliche Stadtführung durch den sogenannten Nachtwächter. Der gute Mann wartete mit Lodenmantel, Hellebarde und Laterne auf uns und nahm rasch die Gelegenheit wahr, Letztere an Elmar abzugeben. Der durfte das Teil dann während der ganzen Stadtführung mit sich schleppen. Der Rundgang war hochinteressant, zumal wir ein paar Fachwerkhäuser auch innen besichtigen durften. Die schiefen Böden und Treppen bieten aus heutiger Sicht wenig Komfort, doch waren diese Häuser für Generationen ein schützendes Heim. Tatsächlich sind die jetzigen Bewohner stolz auf ihr historisches Bauwerk.

Nach dem Autorentreffen ging es endlich nach Münster. Wir hatten einen Campingplatz in der Nähe gewählt, der von Dauercampern geprägt war, aber auch ein paar Stellplätze für neugierige Stadtbesucher bereitstellte.

Münster wartet mit einer Altstadt auf, die noch genauso aufgeteilt ist wie anno 1534, mit Kirchen, in denen damals die Wiedertäufer gebetet haben, und nicht zuletzt mit einem zentrumsnahen Parkplatz, sodass wir nicht schon am Rand der Erschöpfung waren, bevor wir die Altstadt erreicht hatten. Wir hatten uns eine Woche für die Stadt und ihr Umland vorgenommen und können mit Fug und Recht sagen, dass sich jede Stunde gelohnt hat.

Den Abschluss bildete der Besuch einer wunderbaren Buchhandlung. Der Händler wählte für uns mehrere Bücher zum Thema Wiedertäufer aus und gab uns den wertvollen Rat, uns in der Religionsabteilung umzusehen, wo wir ebenfalls so gut beraten wurden, dass wir mit einem dicken Packen Bücher den Rückweg antreten konnten. Es war das beste Recherchematerial, das wir je für einen Roman erhalten haben. Es war eine Freude, darauf zurückzugreifen zu können, als wir diesen Roman Jahre später endlich schreiben konnten. Wir versuchten, den schmalen Grat zwischen Frömmigkeit und Fanatismus aufzuzeigen, wo sowohl unter Katholiken, Protestanten und auch Wiedertäufern jede Abweichung von der reinen Lehre als Verbrechen galt, das mit den entsetzlichsten Strafen geahndet wurde. Wollen wir hoffen, dass so etwas nie wieder passiert!

# 21.
# Die Wiederkehr der Wanderhure

Nach den „Töchtern der Sünde" war die Wanderhure Marie erst einmal in den Hintergrund getreten. Fans schickten uns allerdings immer wieder Briefe und E-Mails, in denen sie sich neue Abenteuer mit Marie wünschten. Auch beschwerten sie sich, dass Michel in der „Tochter der Wanderhure" gestorben ist, und fragten an, ob wir nicht doch Romane aus der Zeit schreiben könnten, in der er noch gelebt hat. Wir freuten uns über das Interesse der Leserinnen und Leser für Marie und entwickelten die Idee, im Jahr 2024 mit einem Abschlussband der Reihe das zwanzigjährige Jubiläum unserer Helden zu begehen.

Doch so eine lange Pause wurde unserer Marie nicht gewährt, denn Lianne kam uns zuvor. Ihre intensiven Gespräche mit dem Knaur Verlag führten dazu, dass wir uns in der Agentur einfinden durften, wo uns neue Verträge vorgelegt wurden, darunter vier weitere Wanderhure-Romane.

Wir hatten großen Respekt vor dieser Aufgabe. Wieder galt es, die Charaktere unserer Protagonisten zu wahren und doch genug Abwechslung zu schaffen, damit die Folgebände nicht zu blutleeren Kopien der Vorläufer wurden. Iny als die Pragmatikerin von uns hielt die Hindernisse für überwindbar, während Elmar vor der Aufgabe zurückscheute. Der Köder, der auch ihn schließlich zum Anbeißen brachte, waren zusätzliche Verträge für eine Texas-Reihe, die vom Verlag ursprünglich abgewiesen worden war. Es handelte sich dabei um vier Romane über den Auswanderer Walther Fichtner und seine Familie. Mit Begeisterung machten wir uns daher zunächst an die Auswanderer-Saga, die unsere Leser in die Neue Welt führte und uns einen weiteren schönen Erfolg verschaffte: „Das goldene Ufer", „Der weiße Stern", „Das wilde Land" und „Der rote Himmel" fanden eine große, begeisterte Lesergemeinde. „Das goldene Ufer" wurde mit Miriam Stein als Gisela und Volker Bruch als Walther für das ZDF verfilmt. Für diese Romane haben wir nur eine Reise in die Umgebung von Hannover, Hildesheim und Braunschweig unternommen, in der wir unsere Grafschaft Renitz angesiedelt haben. Für die drei nachfolgenden Bände mussten Fotos, Dokumentationen über Texas, die dortigen Indianer und den Amerikanischen Bürgerkrieg sowie etliche Ziegelsteine von Sachbüchern reichen. Letztere verschafften uns auf einer Flugreise dreizehn Kilo Übergepäck. Außerdem suchte Elmar die Homepages amerikanischer Universitäten auf, um an begehrte Informationen zu gelangen.

Nach dieser Romanreihe galt es, auch den zweiten Teil der Vereinbarungen einzulösen, nämlich das Verfassen der vier neuen Wanderhure-Romane, in deren Mehrheit Michel noch leben sollte. So deutlich in der Zeit zurückzugehen ist alles andere als einfach. Bei anderen Autoren haben wir erlebt, dass sie ihre Figuren in einem neuen Roman zwar verjüngt, ihnen aber das Wissen und die Erfahrung gelassen haben, die diese sich im Verlauf der früheren Romane erworben hatten. Waren sie in älteren Romanen noch Greenhorns gewesen, waren sie es jetzt, obwohl diese Abenteuer in derselben Zeit spielten, eben nicht mehr.

Vor diesem Hintergrund kauten wir bei diesen Bänden der „Wanderhure" etliche Nussschalen durch. Irgendwann, meinte Elmar entnervt, schicken wir sie doch auf Gralssuche. Und da klickte es bei Iny. Der Heilige Gral war im Weltbild jener Zeit eine feste Größe gewesen. Wieso nicht Marie und Michel in ein Abenteuer verwickeln, bei dem es um den Kelch des letzten Abendmahls ging? Es müsse ja nicht einmal der echte Gral sein, sondern nur irgendein Gefäß, das für ihn gehalten werde, sagte Iny.

Und schon gab ein Wort das andere. Erinnerungen an Personen und Orte wurden wach. Auch nahmen zwei Rollen aus dem zweiten Wanderhure-Film „Die Rache der Wanderhure" in unseren Plänen Gestalt an, nämlich die Äbtissin Isabelle de Melancourt und der Zwerg Nepomuk.

Nun, da die Grundidee geboren war, galt es, den geografischen Hintergrund zu entwickeln. Jeder von uns nannte Landschaften, die ihm geeignet erschienen. Grundsätzlich beschlossen wir, da Marie in den ersten drei Bänden weit gewandert war, sie diesmal in einen kleinräumigeren Hintergrund zu setzen. Und so schälte sich bald eine Route heraus, auf der Maries Suche nach dem Heiligen Gral stattfinden sollte. Es begann mit einem abgelegenen Kloster in den Waldbergen an der böhmischen Grenze und ging über Würzburg, Nürnberg, Frauenchiemsee, Mühldorf am Inn und Passau bis hin zum Blautopf bei Blaubeuren.

Bis auf den Blautopf kannten wir die Gegenden und hätten uns mit einer Recherchefahrt nach Blaubeuren begnügen können. Doch um die Atmosphäre ganz erfassen zu können, wollten wir noch einmal an alle Schauplätze fahren und beschlossen, uns nicht auf Tagesausflüge zu beschränken, sondern uns Zeit zu nehmen. So spannten wir wieder einmal den Wohnwagen an und fuhren als Erstes Richtung Chiemsee, wobei wir am Simssee, seinem kleineren Bruder, campierten. Um uns einen Eindruck von der Umgebung zu verschaffen, fuhren wir von Aschau aus mit der Bergbahn zur Kampenwand hoch und genossen den weiten Blick über die sonnenbestrahlte Landschaft.

Unser nächstes Ziel war Herrenchiemsee. Das Schloss selbst ist viel zu jung für unsere Zwecke, doch dort hatte es einst ein Kloster gegeben. Unsere Blicke wanderten jedoch immer wieder hinüber zur Fraueninsel mit dem bereits im Mittelalter hochberühmten Frauenkloster, und so entschieden wir, dass unsere Marie dorthin kommen müsste. Wir besuchten das Kloster und erkundeten das Inselchen auch zu Fuß. Am nächsten Tag mieteten wir uns ein Elektroboot, um uns die Insel noch einmal vom Wasser aus ansehen zu können. Eine Rundfahrt mit dem Auto um den See herum schloss diese Recherche ab. Und da wir auch noch eine Vielzahl von Büchern über die Fraueninsel und den See hatten erwerben können, fühlten wir uns gut gewappnet für die Abenteuer in diesem Landstrich.

Das nächste Ziel war Passau. Hier wählten wir einen Campingplatz jenseits der Donau und fuhren erst einmal in den Bayerischen Wald hinein, um einen Eindruck von der Einsamkeit des Waldgebirges zu erhalten. Einige Male bogen wir von den Hauptstraßen ab, bis wir von dunklen Wäldern umgeben waren und kaum noch Anzeichen von Zivilisation mehr sahen. Für den Beginn des Romans reichte dieser Eindruck aus. Passau selbst war uns wichtiger, da dort eine Schlüsselszene spielen sollte. Denn hier würde es Isabelle de Melancourts Erzfeind Leopold

*Hier steht Iny von dem als Ständerfachwerk errichteten Thüringer Wald-Kreativ-Museum.*

von Gordean gelingen, Maries Reisegruppe bis auf sie und Isabelle gefangen zu setzen. Die beiden Frauen mussten nicht nur den letzten Hinweis auf den Heiligen Gral vor Gordean finden, sondern auch noch ihre Reisegefährten befreien.

Elmar kannte die Stadt von mindestens einem Dutzend Besuchen. Auch Iny war schon mehrmals dort gewesen, und doch wanderten wir durch die Altstadt, als sähen wir sie zum ersten Mal. Danach fuhren wir zur Veste Oberhaus hoch, genossen die obligatorische Dreiflüssefahrt und leisteten uns als Abschluss noch eine Stadtführung, bei der sich die Führerin über unsere detailversessenen Fragen gewundert haben dürfte. Sie gab uns etliche Informationen, die sich später im Roman wiederfanden.

Beim Tagesausflug nach Nürnberg musste Iny angesichts des steilen, unebenen Geländes auf eine Führung durch die Kaiserburg verzichten und wartete in einem Café auf Elmar. Gemeinsam streiften wir danach durch die Stadt und fuhren am Abend zufrieden nach Hause. Da wir bereits früher in Nürnberg gewesen waren und die Stadt von unserer Marie nur kurz berührt wurde, genügte dieser kurze Aufenthalt.

Einige Abenteuer sollten bei der Stadt Mühldorf am Inn spielen. Auch wenn Elmar über zwanzig Jahre in dieser Gegend gelebt hatte, wollten wir die frühen Eindrücke auffrischen – auch im eindrucksvollen Kreismuseum im Lodronhaus. Mühldorf war über achthundert Jahre lang eine Enklave des Fürstbistums Salzburg im Herzogtum Baiern und so etwas wie ein Dorn im Sitzfleisch der Herzöge gewesen, da der Fürstbischof von Salzburg hier den Inn für Baiern blockieren konnte. All deren Versuche, Mühldorf in ihre Gewalt zu bekommen, scheiterten dann auch, bis es in der napoleonischen Zeit doch noch bayrisch wurde. (Zum Unterschied von Baiern und Bayern: Es gab das Herzogtum, später Kurfürstentum Baiern. Erst unter König Ludwig I. wurde aus dem Königreich Baiern das Königreich Bayern.)

Wir legten hier also etliche Kilometer auf den Spuren unserer Wanderhure zurück, allerdings mit dem Auto und nicht zu Pferd. Einige Orte, die Elmar aus seiner Kindheit kannte, wurden in den Roman als Schauplätze einbezogen, der sich so auch in unseren Gesprächen immer mehr zur runden Geschichte formte.

Nun fehlte uns noch der Blautopf. Diesen Besuch verbanden wir mit einem in Ulm stattfindenden Autorentreffen. Zwar hatten wir nur einen Tag zur Verfügung, doch der genügte, um das Kloster und den Blautopf ausführlich zu besichtigen. Trotz des leider schlechten Wetters strahlte der kleine Quellsee in leuchtendem Türkis, und wir sahen in unserer Fantasie, wie Isabelle de Melancourt das verhängnisvolle Gefäß in dieses Wasser warf.

Nun stand die Geschichte. Für die Nebenhandlung konnten wir auf mehrere Reisen nach Ungarn zurückgreifen.

So machten wir uns voller Elan an die Verwirklichung der „List der Wanderhure", des ersten nachgeschobenen Romans mit Abenteuern, die Marie und Michel zwischen dem „Vermächtnis der Wanderhure" und der „Tochter der Wanderhure" erleben sollten.

Doch wir wären nicht wir, hätten wir nicht währenddessen schon wieder die Grundidee für den nächsten Roman geplant. Dank diesem langfristigen Denken haben wir stets genug Zeit für das Sammeln von Fakten.

Doch wie so oft bestätigen Ausnahmen die Regel. Es gab tatsächlich einen Roman, den wir ad hoc entwickeln und innerhalb kürzester Zeit schreiben mussten. Er beweist, dass wir auch das können, denn „Die Wanderapothekerin" wurde zunächst als E-Book und dann auch als gedrucktes Buch ein großer Erfolg.

Dabei war es zunächst gar nicht so einfach, eine zündende Idee für diesen Roman zu finden. Als Iny jedoch durch Zufall auf die Thüringer Buckelapotheker aus den Fürstentümern Schwarzburg-Sondershausen und Schwarzburg-Rudolstadt stieß, war unser Interesse an diesem Thema geweckt.

*Unser erstes Wohnwagengespann auf einem Campingplatz in Ungarn.*

Um unserer Heldin Klara nahezukommen, haben wir den Thüringer Wald und insbesondere das Thüringer Schiefergebirge mit seinen engen, schier endlos langen Schluchten, den alten Burgen und weiten Wäldern auf mehreren Reisen erkundet. Die Landschaft faszinierte uns von Beginn an, und so dachten wir bereits im Jahr 2013 neben der Grundidee für „Die Wanderapothekerin" über ein mögliches dort stattfindendes Abenteuer unserer Marie nach. Dies verfestigte sich bei unserem nächsten Aufenthalt zwei Jahre später, und so entstand „Die Wanderhure und die Nonne". Zwei weitere Romane mit unserer Marie als Hauptperson warten noch darauf, geschrieben zu werden. Auch dafür wird es die eine oder andere Recherchereise geben. Unsere nächsten Reisen werden jedoch in Länder führen, an denen unsere Marie noch nicht war und wohl auch niemals hinkommen wird.

# 22.
# Reisen ins Ungewisse

Nicht jede unserer Reisen führte zu einem Buch. Doch auch diese Fahrten halfen uns, unseren Horizont zu erweitern und Neues kennenzulernen. Dazu gehört auch unsere erste Wohnwagentour. Wir besaßen unser mobiles zweites Zuhause erst seit wenigen Wochen, als wir auf die verrückte Idee kamen, quer durch Skandinavien zu fahren – bis zum Nordkap und zurück. Alle Ratgeber für Wohnwagentouristen empfehlen dringend, eine solche Tour erst dann zu unternehmen, wenn man mehrere Jahre Erfahrung mit dem Gespann gesammelt hat. Doch das kümmerte uns wenig. Iny vertraute darauf, dass Elmar auf dem Bauernhof mit Traktor und Anhänger zurechtgekommen war, schwieriger, so meinte sie, würde es mit dem Wohnwagen wohl kaum werden.

Wir beluden daher Auto und Wohnwagen und brachen auf. Für diese Reise hatten wir uns fünf Wochen Urlaub am Stück genommen (das an unseren jeweiligen Arbeitsstellen durchzusetzen, war nicht ganz einfach gewesen). In gewisser Weise ging es uns bei dieser Fahrt auch um Selbstfindung. Wir wollten professionell schreiben, doch die Bedingungen in den Verlagen, in denen unsere ersten Geschichten veröffentlicht worden waren, hatten sich gewandelt. Durch die Fluktuation in den Lektoraten hatten wir wichtige Ansprechpartner verloren und sahen in unserem Genre kaum noch Möglichkeiten zur Veröffentlichung. Mit einer gewissen Naivität hofften wir auf Ideen, die uns auf dieser Reise in langen Gesprächen zufliegen sollten.

Um den Osten des damals noch nicht lange wiedervereinigten Deutschlands ein wenig kennenzulernen, wählten wir nicht die in jener Zeit übliche Vogelfluglinie über Fehmarn, sondern wollten von Rostock nach Trelleborg übersetzen. Bevor es auf

*Iny am Rande Europas, dahinter die Barentssee.*

die Fähre ging, hatten wir zwei Tage auf dem Campingplatz in Markgrafenheide eingeplant. Damals war Mecklenburg-Vorpommern ebenso wie die anderen neuen Bundesländer für uns Terra incognita. Auf dem Campingplatz erhielten wir wertvolle Tipps. Unbedingt, so hieß es, müssten wir nach Warnemünde fahren. Diesem Rat folgten wir gerne und verfielen sofort dem Charme des Seebads. Wir schlenderten den Strand entlang, unternahmen eine kleine Schiffstour und wussten schon nach kurzer Zeit, dass wir einmal mit sehr viel mehr Zeit wiederkommen wollten. Es dauerte dann zwar viele Jahre, doch als wir zu einer Lesung nach Rostock eingeladen wurden, nutzten wir die Gelegenheit für einen längeren Aufenthalt.

Die Fähre, die in jenem Jahr die Strecke zwischen Rostock und Trelleborg bediente, war die kroatische Adriafähre *Marco Polo.* Sie war zur Zeit der jugoslawischen Unruhen in die Ostsee verchartert worden, sodass wir auf jener Reise damit nach Schweden gebracht wurden. Da das Schiff eine unangenehme Schlagseite aufwies, waren wir froh, als wir in Trelleborg an Land gehen konnten. Wir hatten fast einen ganzen Tag zur Verfügung, um unser erstes Etappenziel, den Vättersee, zu erreichen. Daher beschlossen wir, zunächst unsere Vorräte aufzufüllen. Auf einem nahezu leeren Supermarktplatz in Värnamo stellten wir das Gespann ab und kauften ausgiebig ein. Als wir mit unseren Einkäufen zurückkamen, war der Parkplatz nahezu vollgeparkt, und es kostete Elmar einigen Angstschweiß, das Auto und den Wohnwagen hinauszulavieren, ohne an den geparkten Autos Spuren zu hinterlassen.

Da der Verkehr im Vergleich zu deutschen Autobahnen angenehm überschaubar war, kamen wir gut voran und erreichten unsere erste Station noch früh am Nachmittag. Wir hatten bei der Planung fünf Orte ausgewählt, an denen wir länger als eine Nacht verweilen wollten. Doch schon am ersten Reisetag zeigte sich, dass wir bei unserer Streckenplanung zu vorsichtig gewesen waren, denn wir kamen sehr viel schneller voran als gedacht. Zwar gibt es in Schweden ein striktes Tempolimit für Wohnwagengespanne, das wir wegen der horrenden Strafen auch nicht zu überschreiten wagten, aber die Höchstgeschwindigkeit war kaum höher als unsere Durchschnittsgeschwindigkeit, denn es gab weder Staus noch Ampeln, die uns aufgehalten hätten. So erreichten wir den ersten Zwischenaufenthalt für Elmars Geschmack viel zu früh. Nachdem der Wohnwagen stand, gingen wir gemütlich spazieren und beobachteten vom Steg eines Sees aus Fische, die aus dem Wasser herausschnellten, um nach Insekten zu schnappen. Da wir uns der Mitternachtssonne näherten, blieb es bis tief in die Nacht hell.

Es war sehr schön und entspannend. Dennoch schlug Elmar vor, dass wir von unserem Plan abweichen und in den nächsten Tagen so weit wie möglich fahren sollten, um dann zu überlegen, wie wir die gewonnenen Tage nutzen könnten. Iny schlug vor, in diesem Fall auch einen Abstecher auf die Inselgruppe der Lofoten einzuplanen.

Also ging es in verlängerten Etappen erst einmal zu den imposanten Stromschnellen des Piteälven, die Storforsen genannt werden. Hier blieben wir zwei Nächte und genossen die zauberhafte Natur rund um die Stromschnellen. Tatsächlich erfüllte sich an diesem Ort auch unsere Hoffnung, auf Elche zu treffen. An einem Jungtier fuhren wir vorbei, das sich von uns nicht stören ließ. Tatsächlich sollte es auf der gesamten Reise bei diesem einen Elch bleiben. Dafür gab es Rentiere in Massen, und die Biester waren verdammt stur. Wir mussten bei jeder Kurve aufpassen, weil dahinter Rentiere auf der Straße liegen konnten. Kamen wir dann näher, glotzten sie empört, weil wir sie zu stören wagten, standen ohne Hast auf und gingen – allerdings nur, wenn sie in entsprechender Stimmung waren – zur Seite, um uns passieren zu lassen. Oft allerdings zeigten sie uns auch den befellten Hintern und staksten minutenlang vor uns her, bis es ihnen schließlich zu dumm wurde.

Unseren ersten mehrtägigen Aufenthalt wollten wir uns in Jokkmokk gönnen – oder Juckmuck, wie Elmar es wegen der kleinen, stechenden Tierchen mit Flügeln umtaufte, die auf diesem Campingplatz in Massen ihre Sommerferien zu verbringen schienen. Ein Aufenthalt im Freien war fast unmöglich. Da auch der Sanitärbereich eine Renovierung vertragen hätte, blieben wir weniger lange als geplant. Trotz der juckenden Nickligkeiten besuchten wir das Sami-Museum der Stadt und unternahmen Ausflüge in die Umgebung. Hier am nördlichen Polarkreis übte die Natur mit ihren weiten, lichten Wäldern und dem Rentiermoos einen beruhigenden Einfluss auf uns aus. Zweifel und Sorgen schienen auf einmal fern und unbedeutend. Wichtig waren der nächste Tag, der nächste Campingplatz und die Rentiere, die uns als Störenfriede ansahen, weil wir sie von ihrer geliebten Straße vertrieben. Auf der von der

*Iny im samischen Freilichtmuseum Siida in Inari.*

Sonne erwärmten Teerdecke werden sie nämlich weniger von Steckmücken gequält als im Wald.

Der nächste Zwischenhalt war das finnische Rovaniemi. Wir übernachteten am Rand des Skistadions neben den großen Sprungschanzen, bevor es am Folgetag zu unserem nächsten längeren Aufenthalt weiterging, dem Inarisee.

Kaum angekommen durfte Elmar seine Künste im Rückwärtsfahren mit dem Gespann beweisen. Die Stellplätze waren wie Wege angelegt, die in den Wald hineinführten. Dank seiner Bauernhoferfahrung gelang es ihm schließlich ohne Kratzer. Es war ein schöner, gut gepflegter Campingplatz, und das Wichtigste war: Es gab weitaus weniger Mücken als in Juckmuck ... äh, Jokkmokk. Wahrscheinlich waren die hiesigen dorthin in Urlaub geflogen. Wir erlebten hier einige der schönsten Tage der gesamten Reise, fuhren durch malerische Landschaften, besuchten das samische Freilichtmuseum und genossen die langen, stillen Tage am See. So weit im Norden blieb es selbst um Mitternacht noch hell. Iny nützte dies aus, um bis tief in die „Nacht" hinein bei „Tageslicht" zu lesen. Allerdings verkürzte die Helligkeit auch unseren Schlafrhythmus, was uns später noch erheblich zu schaffen machen sollte.

Alles geht jedoch einmal zu Ende, und so mussten auch wir eines Tages wieder anspannen. Unser nächstes Ziel war das norwegische Kirkenes oder Kirkaniemi, wie es auf den Wegweisern in Finnland bezeichnet wurde. Eigentlich hatten wir gleich in Richtung Nordkap fahren wollen, aber da wir weniger lange als geplant in Jokkmokk geblieben waren, schoben wir diesen Aufenthalt ein. Der Campingplatz erinnerte uns an eine Wagenburg im Wilden Westen. Die Wohnwagen bildeten außen einen geschlossenen Kreis, in der Mitte befanden sich das Sanitärgebäude und die Stromabnehmer.

*Mittsommernacht bei Forsøl in der Nähe von Hammerfest mit freiem Blick nach Norden.*

Wir spazierten am späten Abend durch Kirkenes und bewunderten die bunt bemalten Häuser und den Russenmarkt, der damals erst seit kurzer Zeit existierte. Außerdem unternahmen wir einen Ausflug zur russischen Grenze bei Grense Jakobselv und blickten von dort hinaus auf die Barentssee. An ihren Ufern spürten wir den Eiswind des Nordens, während es sonst für die Jahreszeit überraschend warm war. Wir hatten genug Kleidung für kühlere Temperaturen eingepackt, brauchten diese aber kaum, da meist schon ein T-Shirt ausreichte.

Von Kirkenes ging es weiter nach Russenes. Dort standen wir mit dem Heck des Wagens so knapp an einem nicht sehr hohen, aber steil ins Wasser abfallenden Ufer, dass Elmar achtgeben musste, nicht hinabzufallen, als er nach der Ankunft die Stützen herab- und diese vor der Abfahrt wieder hochdrehte. Dafür wurden wir mit einer wunderschönen Aussicht auf das Meer belohnt.

Wir fuhren zum Fährhafen Kåfjord und wurden nach Honningsvåg auf die Insel Magerøya gebracht. Von dort ging es über eine Schotterstraße zum Nordkap, wo wir bei herrlichem Wetter den weiten Blick nach Norden genossen. Von hier aus hätten wir die Mitternachtssonne sehen können, doch es herrschte für unseren Geschmack viel zu viel Trubel dort, zudem spürten wir die Folgen der langen Tage oder, besser gesagt, des zu kurzen Schlafes. Wir waren schlicht und einfach zu müde, um uns dort stundenlang herumzutreiben und inmitten einer halben Tausendschaft auf den Augenblick zu warten, an dem die Sonne eben nicht unterging.

Ohne das Erlebnis der Mitternachtssonne wollten wir dennoch nicht nach Hause fahren, und so hieß unser nächstes Ziel Hammerfest. Hier wollten wir jene Stelle finden, von der aus man laut unserem Reiseführer das Sinken und Steigen der Mitternachtssonne über dem Meer besonders gut beobachten konnte. Bis Forsøl kamen wir gut durch, aber die kleinen Nebenstraßen dahinter waren nicht in unserer Landkarte verzeichnet. Wir irrten daher am vierundzwanzigsten Juni gegen dreiundzwanzig Uhr erst einmal planlos mit dem Auto durch die Gegend. Schließlich fuhren wir lange zwischen Gestellen hindurch, auf denen Stockfisch getrocknet wurde. Plötzlich machte der Sandweg eine Kurve, und dann standen wir an einer nach Norden offenen Bucht, über der langsam die Sonne niedersank.

Es waren bewegende Minuten, in denen wir immer wieder auf die Uhr blickten und zusahen, wie der Zeiger Mitternacht erreichte und darüber hinausging. Die Sonne aber stand immer noch ein Stück über dem Horizont, ohne das Meer berührt zu haben. Wir blieben, bis sie wieder etwas höher gestiegen war, und fuhren nach Hammerfest zurück. Zu aufgewühlt, um gleich zum Wohnwagen zurückfahren zu können, setzten wir uns auf eine Bank im Park und sahen den Menschen zu, die die Nacht zum Tage machten. Ob es ein übliches Ritual war, um zwei Uhr morgens lautstark die Teppiche auszuklopfen, haben wir allerdings nicht erfahren.

Unsere Rundreise ging weiter, und nun lernten wir die Freuden der norwegischen Fjorde kennen. Allerdings ist es ziemlich frustrierend, wenn man Stunde um Stunde fährt und dabei gerade einmal fünf oder sechs Kilometer Luftlinie schafft, weil die Straße den Ufern der Fjorde folgt. Ging es mal auf das Fjäll hoch, hatten wir unsere Freude mit untermotorisierten Wohnmobilen, die die steilen Anstiege mehr hinaufkrochen als fuhren. Unser damaliges Zugfahrzeug, ein Toyota Camry, war auch nicht gerade ein PS-Monster, aber wir überholten die Dinger dutzendweise. Diese schwachbrüstigen Wohnmobile nannten wir bald nur noch Wackelwillis. Am ärgerlichsten war es, wenn sie auf den schmalen Straßen auch noch so weit in der Mitte fuhren, dass wir kaum an ihnen vorbeikamen.

Nicht nur die Wackelwillis waren ein Problem. Auch unsere Versorgung musste gesichert werden. Wenn der Wohnwagen auf dem Campingplatz stand und wir in einer nahen Ortschaft einen

Laden oder einen Supermarkt fanden, war das leicht zu lösen. Waren wir jedoch mit dem Gespann unterwegs, konnte es zu solchen Situationen wie auf dem Supermarktparkplatz in Värnamo kommen. So auch in Finnland, wo wir mitten im Wald auf einen kleinen Laden stießen. Als wir auf dem Parkplatz anhielten, war dieser bis auf unser Gespann leer. Doch während unseres Einkaufs hatte anscheinend die ganze Gemeinde Lust bekommen, einkaufen zu gehen, und den Parkplatz gut gefüllt, sodass Elmar nichts anderes übrig blieb, als mit dem Gespann weit in eine Lücke im Wald zurückzustoßen, damit wir freikamen.

Es ist nun nicht so, dass wir uns am Morgen ins Auto gesetzt hätten und den ganzen Tag stur gefahren wären. Wenn wir mit dem Gespann unterwegs waren, hielten wir gegen zwölf Uhr an einem Parkplatz an, um zu kochen und eine Mittagspause einzulegen. Einmal fuhren wir danach auf das Fjäll hoch, als sich Wolken zusammenzogen und ein Schneesturm einsetzte. Bald darauf legten wir erneut eine Pause ein, und Iny ging als Erste zum Wohnwagen. Doch rasch kam sie wieder zurück und drückte Elmar unsere Kehrschaufel in die Hand. „Du darfst Schnee schippen", sagte sie lachend. Wir hatten beim Aufbruch nach der Mittagspause vergessen, die Dachluke zu schließen.

Während wir über das Hochland fuhren, schneite es übrigens mehrmals – das ist dort selbst im Juni nicht ungewöhnlich. Es war ein unvergessliches Erlebnis, im Wohnwagen zu sitzen und zu essen, während draußen die Schneeflocken um uns herumtanzten.

Im Übrigen übernahm natürlich auch Iny immer wieder das Steuer. Wenn es auf ihrer Strecke allerdings zu knifflig wurde, überließ sie es gerne dem bauernhofgestählten Elmar. Auf diese Weise kamen wir gut voran und erreichten schließlich die Fährstation in Gryllefjord, um von dort auf die Lofoten überzusetzen. Dort warteten wir in vorderster Reihe. Nach einer Weile reihten sich mehrere Autos und ein Wohnmobil hinter uns ein. Nachdem das Schiff entladen war, durften wir als Erste an Bord fahren, und hinter uns wurde ein aus Deutschland stammendes Wohnmobil platziert. Damit war die eine Seite der Fähre dicht, und die Autos wurden auf die andere Spur gelenkt. Kaum waren wir in See gestochen, wurde uns bewusst, wie bewegt das nördliche Meer sein kann. Der Wohnwagen schwankte wie betrunken, das Wohnmobil hinter uns tanzte regelrecht. Während wir ausgestiegen waren, um uns den stürmischen Wind um die Nase wehen zu lassen, hatten die Insassen des Wohnmobils es vorgezogen, im Wagen zu bleiben. Ihre Gesichter färbten sich langsam grün.

Trotz Wind und Wellen kamen wir gut in Andenes auf den Lofoten an und fuhren zum Campingplatz. Mittlerweile spürten wir die Anstrengungen der Fahrt und schraubten an den Tagen, die wir auf den Lofoten verbrachten, unser Programm deutlich zurück. Wir besuchten Svolvær und erkundeten mit dem Auto die über Straßen erreichbaren Inseln. Auf uns wirkten die Lofoten wie eine unter Wasser gesetzte Schweiz, von der nur noch die Gipfel der Berge aus dem Meer ragen. Wir genossen entspannte Tage in dieser malerischen Gegend und schieden nur ungern.

Wieder auf dem Festland bewunderten wir auf einem unserer Übernachtungsplätze die Reisenden von drei deutschen Leihwohnmobilen, die das Wasser für ihre Trinkwassertanks seelenruhig in Wasserflaschen herbeischleppten. Nach ihrer fünfzehnten Tour von der Wasserstelle zu den Wohnmobilen hörten wir auf zu zählen.

Unser nächstes Ziel war Fauske. Von hier aus fuhren wir nach Bodø sowie zum Saltstraumen, dem schnellsten Gezeitenstrom Norwegens, danach ging es über Trondheim weiter in die Hedmark. Fragt uns nicht, wie wir auf die Idee gekommen sind, dorthin zu fahren. Obwohl sie ziemlich weit im Süden liegt, handelt es sich um eine der am spätesten besiedelten Gegenden Norwegens. Uns kam auch bald ein Verdacht, woran das liegen mochte. Das Land scheint die Urheimat der Kriebelmücken zu sein, die sich voller Begeisterung auf uns stürzten. Iny verhüllte sich auf dem Weg zum Sanitärgebäude das Gesicht, während Elmar sein Sweatshirt bis zu den Augen hochzog und seine Mütze aufsetzte. Besonders schlimm wurde es, als wir uns zum Weiterfahren rüsteten. Die Biester stürzten sich in Massen auf Elmar und bildeten regelrecht einen schwarzen Überzug auf Gesicht, Hals und Händen. Mit letzter Selbstbeherrschung gelang es Elmar, den Wohnwagen anzukuppeln. Er hielt vor dem Sanitärgebäude an, um das Viehzeug abzuwaschen und auszuspucken. Durch die Bisse waren Gesicht und Hals feuerrot und so angeschwollen, dass Iny die Haut mit einer Heilsalbe bestreichen musste.

Unser letztes Etappenziel war ein Campingplatz bei Bäckefors in Schweden. Von hier aus unternahmen wir Ausflüge in die Natur, die sich deutlich von den subarktischen Bedingungen des Nordens unterschied. Die Elche, die wir zu sehen gehofft hatten, versteckten sich jedoch vor uns. Erst ein paar Jahre später, bei unserer zweiten Skandinavien-Reise, zeigten sie sich uns wieder. Wir fuhren auch zum Vänersee, saßen an dessen Ufer und sahen zu, wie die Schiffe an einem Schiffshebewerk gehoben und abgesenkt wurden. Natürlich suchten wir zudem Museen auf, die in unserem Reiseführer empfohlen worden waren.

Vor allem in diesen letzten Tagen unserer Reise sprachen wir immer wieder über mögliche Romanplots. Zwei Ideen für Thriller setzten wir später um. Die Nachbearbeitung der Reise und die Beschäftigung mit der Geschichte Skandinaviens führten jedoch dazu, dass wir uns immer mehr dem historischen Roman annäherten.

Seit unserer Jugend hatten wir historische Romane und etliche Sachbücher zur Geschichte verschlungen, und so lag der Gedanke nahe, uns mit diesem Genre aktiv zu beschäftigen. Allerdings dauerte es noch, bis wir erste Versuche unternahmen, und noch länger, bis zu unserem Romandebüt mit „Die Kastratin". Die Weichen dorthin waren an den stillen Seen und den weiten Wäldern des Nordens gestellt worden.

# 23.
# Die Hurtigruten

Nach dieser langen Reise sind wir noch mehrfach in Skandinavien gewesen, und der Gedanke, doch einmal einen Roman zu schreiben, der in diesem Kulturkreis spielt, ließ uns nie los. Mittlerweile haben wir ihn als Iny Lorentz umgesetzt, wenn auch etwas anders, als wir damals überlegt hatten, und freuen uns darauf, dieses Buch in absehbarer Zeit in den Händen zu halten. Doch bereits vorher war Norwegen der Schauplatz eines unserer Romane, allerdings unter einem anderen Pseudonym.

Iny hatte schon lange von einer Fahrt mit den Hurtigruten in Norwegen geträumt. Im Sommer hatten wir Skandinavien jedoch lieber mit dem Wohnwagen bereisen wollen, und im Winter war unser Urlaub meistens aufgebraucht, außerdem hatte Elmar zwischen Ende November und Mitte Februar aus betrieblichen Gründen Urlaubssperre. Daher konnten wir erst an eine längere Fahrt im Winter denken, als wir uns als freie Schriftsteller eingerichtet hatten.

So waren wir leichte Beute für einen Prospekt, in dem eine Hurtigrutenfahrt angeboten wurde. Elmar meinte noch etwas flapsig: „Vielleicht können wir diese Reise ja für einen Thriller ausbeuten." Tatsächlich sollte er damit Recht behalten ...

Wir buchten und besorgten uns Koffer, da wir bis dato immer mit wohnwagentauglich faltbaren Reisetaschen unterwegs gewesen waren. Kurz vor Weihnachten traten wir frohgemut die Reise nach Bergen an. Dafür überwand Iny sogar ihre Abneigung gegen das Fliegen, die dazu geführt hatte, dass wir fünfundzwanzig Jahre lang kein Flugzeug mehr betreten hatten.

In Bergen angekommen, wechselten wir norwegische Kronen ein und sahen auf unserem Plan, dass wir um fünfzehn Uhr abgeholt werden sollten. Wir gönnten uns noch ein kleines Mittagessen und warteten kurz vor der vereinbarten Zeit an der Haltestelle des Hurtigrutenbusses. Um uns herum versammelten sich fünfzig bis sechzig erlebnishungrige Mitreisende. Pünktlich um fünfzehn Uhr tauchte ein Kleinbus auf und hielt bei uns an. Der Fahrer sah die Menge und verfiel in Panik. Er telefonierte wie wild und rannte immer wieder ins Flughafengebäude. Langsam wurde uns kalt. Nach über zwanzig Minuten nahm er einige Reisende mit kleinem Gepäck auf und fuhr los. Wenig später erschien ein etwas größerer Bus. Der junge Mann am Steuer schichtete den Rest der Reisenden – darunter auch uns – so geschickt in den Wagen, dass alle hineinpassten. Reisetaschen, Rucksäcke und Ähnliches musste man zwar auf den Schoß nehmen, aber es ging los.

Kurz danach checkten wir auf der *Trollfjord* ein. Wir waren froh, dass wir mittags etwas gegessen hatten, denn die Reisenden, die dem Café zuströmten, erlebten eine Enttäuschung: Es öffnete erst am Abend nach dem Ablegen. Wir bezogen unterdessen unsere Kabine – zehn Quadratmeter inklusive Nasszelle – und sahen unsere Unterlagen durch. Beim Abendessen erwartete uns eine feste Tischzuweisung, und so waren wir auf die Leute gespannt, mit denen wir zwei Wochen lang zusammensitzen würden. Nach reiflicher Überlegung hatten wir Halbpension gebucht. Das erwies sich als kluge Entscheidung, denn Frühstück und Abendessen waren absolut ausreichend, zumal wir auch das Weihnachtsfest an Bord feiern würden, sodass es mehrmals ein fantastisches Abendbüfett gab.

Unsere Tischnachbarn waren noch ein Stück älter als wir, obwohl wir wahrlich nicht mehr zu einer jungen Generation zählten, und Menschen, die gerne verreisen. So sprachen wir viel über die Orte, an denen sie bereits gewesen waren und zu denen sie noch wollten.

Die Fahrt war überhaupt sehr abwechslungsreich. Zunächst fuhr die *Trollfjord* so ruhig wie auf Schienen. Allerdings gab es

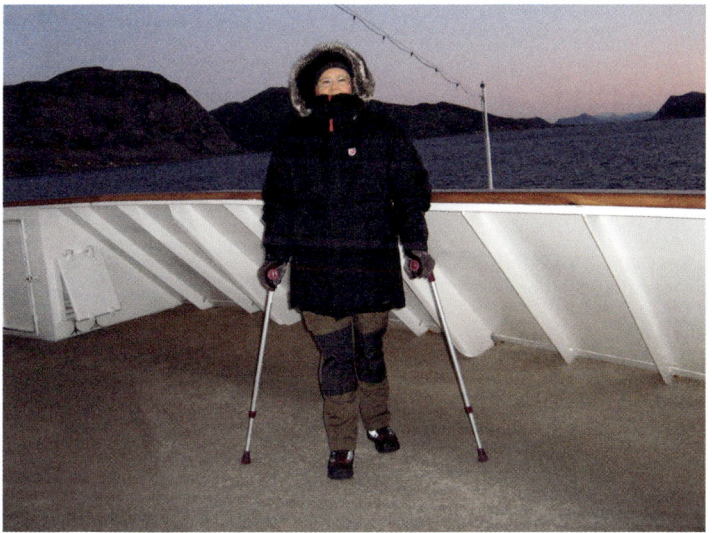

*Iny, polargerecht verpackt, an Bord der Trollfjord.*

Probleme mit einer Ladeklappe, die in einem der Häfen repariert werden musste. Für die Fahrgäste wurden Busse bereitgestellt, die uns über Land nach Ålesund brachten. Es handelt sich wohl um den einzigen Ort der Welt, in dem ein Denkmal des deutschen Kaisers Wilhelm II. steht. Er hatte nach einem verheerenden Stadtbrand Hilfe geschickt, und dafür ist man ihm in dieser Stadt heute noch dankbar.

Zu Beginn unserer Reise gab es im Süden Norwegens noch keinen Schnee. Doch je weiter wir nach Norden kamen, umso weißer wurde die Landschaft. Vor allem wurde es sehr eisig – oder „very slippery", wie unser Reisedirektor auf dem Schiff immer wieder warnte. Da ein Hurtigrutenschiff selten lange in einem Hafen liegt, war meist auch nur ein kurzer Spaziergang möglich. Das störte uns wenig, denn es ging uns vor allem um das Erlebnis, in die Mittwinternacht hineinzufahren. Nun konnten wir zuschauen, wie mit jedem Hafen die Sonne immer weiter hinter uns zurückblieb. Völlig dunkel wurde es jedoch nie, da über die Mittagszeit immer noch ein Widerschein des Sonnenlichts am südlichen Horizont auszumachen war. Trotzdem war es ein unvergessliches Erlebnis, in einem der Salons zu sitzen und in die nur noch schemenhaft erkennbare Landschaft zu blicken. Allerdings saßen wir nicht nur in den Salons, um hinauszuschauen. Wir hatten beide unsere Laptops dabei und nutzten die Fahrt zur Arbeit an unseren Romanen. Kurz: Es war eine ruhige und entspannte Reise, auf der wir uns sowohl erholen wie auch schreiben konnten. Und natürlich beobachten: Sowohl die Besatzungsmitglieder als auch die Mitpassagiere boten vielfältiges Anschauungsmaterial.

Lag die *Trollfjord* lange genug im Hafen, waren wir unterwegs, um uns einen Eindruck von den Städten und Ortschaften zu verschaffen. Für uns war es angesichts der Straßenverhältnisse

*Die Trollfjord hat angelegt.*

allerdings oft schwierig vorwärtszukommen, während die meisten Einheimischen mit kleinen Schlitten unterwegs waren, die eine nach hinten verlängerte Kufe besaßen. Auf dieser standen sie und stießen sich mit dem anderen Fuß ab. Gerne setzten wir uns in ein Café, um eine Tasse Tee zu trinken und eine Kleinigkeit zu essen.

Die Ortschaften reihten sich wie Perlen aneinander. Wir liefen in Trondheim, Bodø, Tromsø, Hammerfest und Honningsvåg ein und wieder aus und auch in einem gefühlten Dutzend kleinerer Ortschaften, an denen die *Trollfjord* gerade lange genug im Hafen lag, damit eine oder zwei Paletten ausgeladen werden konnten. Als wir Honningsvåg erreichten, wurde durchgesagt, die Barentssee sei so stürmisch, dass noch nicht sicher sei, ob die Fahrt bis Kirkenes fortgesetzt werden könnte. Es ging dann zwar doch planmäßig weiter, allerdings stampfte und schaukelte die *Trollfjord* in einer Art und Weise, dass wir uns in der Nacht an den Betten festklammern mussten, um nicht hinauszufallen. Als wir am nächsten Morgen frühstücken wollten, fanden wir den Speisesaal überraschend leer vor. Einer der Kellner fragte uns feixend, wie wir die Nacht überstanden hätten. Unser Appetit verriet ihm aber, dass unsere Mägen noch in Ordnung waren.

Das Schiff kämpfte sich weiter in Richtung Kirkenes. Allerdings zog sich die Fahrt in die Länge, und die Uhrzeiger wanderten unbarmherzig weiter. Ein Teil der Passagiere hatte nur die Passage von Bergen bis Kirkenes gebucht und musste dort aussteigen, um weiter nach Oslo zu fliegen. Im letzten Hafen vor Kirkenes wurden diese Passagiere aufgefordert, zusammenzupacken und das Schiff schon hier zu verlassen. Man werde sie mit Autos zum Flughafen bringen, damit sie ihr Flugzeug noch rechtzeitig erreichen konnten. Auch für uns hatte die Verspätung Konsequenzen. Laut Plan hätten wir in Kirkenes sechs Stunden Aufenthalt gehabt, und so hatten wir dort eine Hundeschlittenfahrt gebucht. Die musste nun aus Zeitmangel ersatzlos gestrichen werden. Wir konnten in Kirkenes nicht einmal von Bord gehen. Nur die mitgebrachte Fracht wurde dort rasch aus- und neue Fracht eingeladen, bevor das Schiff wieder auslief und es auf derselben Strecke in Richtung Kirkenes zurückging.

Auf der Rückfahrt schneite es heftig, doch die See war ruhiger geworden. Unser Kapitän navigierte uns angesichts der schweren Sichtverhältnisse allein mit den Geräten zwischen den Schären hindurch. Wie gut er sein Handwerk verstand, sahen wir später im Trollfjord, dem das Schiff seinen Namen verdankt. Trotz der Mittwinternacht fuhr er in den Fjord hinein und wendete das Schiff an einer engen Stelle, sodass man an Heck und Bug den Felswänden recht nahe kam. Es war ein faszinierendes Schauspiel, die von Scheinwerfern angestrahlten, schroffen Felsen so dicht vor sich zu sehen, dass man meinte, sie mit Händen berühren zu können.

Am ersten Weihnachtsfeiertag blieb das Schiff im Hafen von Harstad liegen, und man feierte das Weihnachtsfest auf norwegische Art. Zu diesem Anlass durften die Verwandten der Besatzungsmitglieder an Bord kommen. Das Büfett war gewaltig, die Gäste trugen ihr feinstes Tuch, und auch die Besatzung war feierlich gekleidet. Es war ungewohnt, die Chefin des Bedienungspersonals, die wir bislang nur streng in Mittel- und Dunkelgrau gekleidet gesehen hatten, nun im roten Abendkleid mit tiefem Ausschnitt zu sehen. Mancher Frau war anzumerken, dass sie die High Heels nur an den heiligsten Feiertagen aus dem Schrank nahmen. Man musste auf dem Weg zum und vom Büfett scharf aufpassen, um nicht von einer über die eigenen Füße stolpernden Dame angerempelt zu werden.

Doch es waren rundum liebenswerte Menschen und eine wunderschöne Feier, auf der auch leidenschaftlich gesungen wurde. Ein Weihnachtsfest, das wir niemals vergessen werden.

Am zweiten Weihnachtstag ging es weiter. Trotz der dicken und nicht gerade ebenen Eisschicht auf dem Boden besuchten wir das Hurtigrutenmuseum in Stokmarknes. Iny, die Probleme mit ihren Gehhilfen hatte, spottete auf dem Weg dorthin, dass jede Schnecke sie überholen könne.

In den vielen ruhigen Stunden an Bord kamen wir gut mit unseren Romanen voran. Und last but not least wuchs in uns eine Idee, aus der Nicola Marnis Roman „Methan" hervorgehen würde: die Geschichte über unseren Helden Torsten Renk und seine Kollegin Henriette von Tarow, deren Fahrt auf der *Trollfjord* allerdings weitaus gefährlicher wurde als unsere – wir haben das Schiff fast in der Barentssee versenkt.

Die Fahrt mit der Trollfjord hatte uns gezeigt, dass es für uns keine Reisen nur um des Reisens willen mehr gibt. Letztlich kommt immer eine Romanidee dazwischen. Eine weitere Folge war, dass wir von nun an bei der Suche nach Schauplätzen auch auf Schiffe setzten. Wir unternahmen in der Folge mehrere Kreuzfahrten und lernten Landschaften kennen, die in unsere Romane Einzug hielten. Auf einer dieser Reisen kam uns im Nationalmuseum von Reykjavik eine Idee, die uns zwei Jahre später mit Auto und Fähre nach Island reisen ließ, um dort den Spuren unserer Helden zu folgen.

# 24.

# Torsten Renk

Bevor unser Thriller-Held Torsten Renk seine Abenteuer auf der *Trollfjord* erlebte, war er bereits in anderen Weltgegenden unterwegs. Für den ersten Roman mit ihm verwendeten wir viel von den frühen Reisen, so auch eine Rundreise mit Zelt durch das zu jener Zeit gerade noch existierende Jugoslawien. Tauchen wir daher ein in eine Tour, bei der wir noch keinen Gedanken daran verschwendet haben, sie jemals literarisch zu verwenden. Und doch gelangten wir dank ihr noch mit einem zweiten Pseudonym auf die Spiegel-Bestsellerliste, nämlich als Nicola Marni mit „Die Tallinn-Verschwörung".

Unsere erste Station in Jugoslawien war ein Campingplatz am nordwestlichen Ufer des Ohridsees, nur wenige Kilometer von der albanischen Grenze entfernt. Neben Museen, Höhlen und Inseln ziehen uns auch Seen magisch an. In weiterer Abstufung kommen alte Badeorte, historische Städte, Schlösser und Burgen sowie Berge – und hier vor allem Vulkane – hinzu.

Der Campingplatz war wunderbar gelegen. Nach unserer Anmeldung schickte der Mann an der Rezeption jedoch erst einmal einen Monteur los, um im Sanitärgebäude wenigstens eine der kaputten Duschen in einen Zustand zu versetzen, in dem man sie benutzen konnte. Bei der morgendlichen Dusche mussten wir allerdings feststellen, dass dennoch ein nicht unerheblicher Teil des Wassers nicht durch den Duschkopf, sondern die Wand herablief. Insgesamt waren die sanitären Anlagen sauber, technisch aber in einem verheerenden Zustand. Doch davon ließen wir uns nicht verdrießen, sondern fuhren zunächst nach Ohrid, um dort unsere Vorräte aufzufrischen.

*Insel Sveti Stefan im heutigen Montenegro.*

Im Campingplatz hatte man uns einen Supermarkt im neueren Teil der Stadt empfohlen. Dort standen sechs- bis achtstöckige Wohnblöcke, zwischen denen Gras wuchs. Das wurde von Kühen gefressen, die frei zwischen den Häusern herumstreifen konnten. Das Angebot im Supermarkt war schütter, reichte für uns jedoch aus. An der Kasse fielen Elmar fast die Augen aus dem Kopf. Wir hatten an der Grenze einige Dinar eingetauscht, doch die Preise, die auf der Kasse angezeigt wurden, ragten zu den Sternen empor. Die Kassiererin ahnte, was Elmar umtrieb, und schrieb ihm die Summe, die er zahlen musste, auf einen Zettel. Es war die auf dem Kassenbon minus drei Nullen. Später erfuhren wir, dass es zwanzig Jahre zuvor in Jugoslawien eine Währungsreform gegeben hatte, bei der diese drei Nullen gestrichen worden waren. Die Zeit hatte jedoch nicht ausgereicht, um auch hier im tiefsten Mazedonien die Registrierkassen der Supermärkte austauschen oder zumindest umstellen zu können.

An den nächsten beiden Tagen waren wir ständig auf Achse. Wir fuhren durch die Schluchten des Balkans und begriffen, weshalb Karl May von dieser Landschaft so fasziniert gewesen war, auch wenn er sie nur von Bildern und Beschreibungen her kannte. Enge Schluchten, Täler und Bergstraßen wechselten einander in rascher Folge ab. Oft war die Straße einfach in den Berg geschlagen, sodass die Felsen oben noch über die Fahrbahn hinausragten, aber keine geschlossene Röhre bildeten. Rohe, unverkleidete Tunnel ohne Absicherung und Straßen, die an Schluchten entlangführten, ohne dass auch nur ein einziger Begrenzungspfosten zu sehen gewesen wäre, machten diese Fahrten zu einem wahren Abenteuer.

In fruchtbaren Tälern trafen wir das fleißige Landvolk an. Oft saß ein Mann auf dem Boden oder einem kleinen Felsen, eine Art Fes auf dem Kopf, und sah Zigarette rauchend zu, wie die Frauen der Familie, in weite Pluderhosen und geblümte Blusen gehüllt, das Kopftuch teilweise noch vors Gesicht gezogen, auf dem Feld schufteten. Seit Karl May seinen Kara ben Nemsi in diese Gegend geschickt hatte, hatte sich dem Anschein nach nur wenig geändert.

Wir unternahmen eine längere Wanderung am Ufer des Ohridsee. Hier, knapp vor dem damals noch hermetisch abgeschotteten Albanien, herrschte um uns herum völlige Einsamkeit. Der Ohridsee war der größte See, den wir bis dato gesehen hatten, und wir ließen uns immer wieder am Ufer nieder, um diesen Anblick in uns aufzunehmen.

Bei dieser Gelegenheit stieß Iny Elmar an und zeigte auf ein seltsam aussehendes braunes Wasserinsekt, das einen Schilfhalm erklomm. Es schien unruhig zu sein, denn es wand sich immer wieder, als wolle es seinen Panzer sprengen. Elmar hatte nicht die geringste Ahnung, was er da gerade beobachtete, doch Iny bedeutete ihm lautlos, dass sie sitzen bleiben wolle, und sah fasziniert dem käferartigen Tier zu, das nach langen Minuten des

*Diese Straße schlängelt sich durch den Balkan.*

Sich-hin-und-her-Bewegens seine Haut sprengte. Ein Köpfchen mit großen Facettenaugen kam zum Vorschein, ein eingerollter Schwanz, der langsam ausgestreckt wurde, und vier durchsichtige Flügel. Nach einer Weile war das Tier trocken genug, um sich in die Luft erheben zu können. Wir hatten der Geburt einer Libelle beigewohnt.

Was unseren Thriller-Helden Torsten Renk betrifft, der erlebte in dieser Gegend vieles mehr: So jagte er eine Gruppe internationaler Verschwörer, die mit üblen Methoden die Macht über mehrere europäische Länder übernehmen wollten und dabei nicht gerade zimperlich vorgingen.

Wir suchten damals noch mehrere Campingplätze in Jugoslawien auf und waren auch später in Teilen des Balkans unterwegs. Dabei trafen wir auf viele freundliche und hilfsbereite Bewohner und schlossen sie ins Herz. Gewiss werden auch diese Erlebnisse irgendwann in unsere Romane einfließen.

Aber noch einmal zurück zu Torsten Renk. Manch einer mag sich fragen, weshalb wir uns in so unterschiedlichen Genres tummeln. Immerhin sind wir als Iny Lorentz sehr erfolgreich und könnten hier gemütlich einen historischen Roman nach dem anderen schreiben. Doch wir interessieren uns noch für so viel andere Dinge! Vor allem Elmar, der im Rahmen unserer Arbeitsteilung die Rohtexte schreibt, braucht immer wieder Abwechslung, um seine geistigen Akkus neu laden können. So erklärte er einmal nach vier historischen Romanen hintereinander, dass er in den nächsten Wochen das Wort „historisch" nicht mehr hören könne und ein Vierteljahr Pause machen müsse. Zwei Tage später hörte Iny ihn in seinem Arbeitszimmer tippen und fragte ihn verwundert, was er denn schreibe. Seine Antwort war kurz: „Du erinnerst dich doch an den Thriller, über den wir vor einiger Zeit gesprochen haben. Ich habe damit angefangen."

Und so begann Torsten Renk zu leben. Es wurden insgesamt vier Abenteuer, in denen wir den MAD-Agenten und seine Kollegin Henriette von Tarow vor allem in Gegenden führten, die wir bereits kannten oder über die wir gutes Recherchematerial fanden. Ganz schlecht scheinen diese Romane nicht geworden zu sein, denn wir haben im Lauf der Jahre etliche Angehörige der Bundeswehr getroffen, die sich weitere Abenteuer unseres Heldenpaares gewünscht hätten. Derzeit ist zwar nichts geplant, aber wie heißt es schon bei James Bond: „Sag niemals nie!"

# 25.
# Auf Jan Sobieskis Spuren

Polen ist eines der ersten Länder, in dem unsere Romane übersetzt und veröffentlicht wurden. Achtzehn unserer Romane sind dort bislang erschienen, und einige davon schafften es sogar auf die polnische Bestsellerliste. Diesen Erfolg haben wir vor allem Urszula Pawlik zu verdanken. Sie hat uns für den polnischen Markt entdeckt und mit großer Sachkenntnis die Romane ausgewählt, die auf dem dortigen Buchmarkt die größten Chancen haben. Wir lernten Urszula auf der Frankfurter Buchmesse im Jahr 2009 kennen und schlossen sie rasch ins Herz. Seither treffen wir uns regelmäßig, reden viel über Bücher und unterhalten uns dabei prächtig.

Wie kaum anders zu erwarten, war Urszula Feuer und Flamme, als wir ihr von unseren Plänen berichteten, einen Roman über die Türkenbelagerung von Wien im Jahr 1683 schreiben zu wollen. Die titelgebende Protagonistin von „Die Widerspenstige" zieht darin als Jüngling verkleidet in die Schlacht des polnischen Heeres gegen die Türken. Hier kam dem polnischen König Jan III. Sobieski eine gewichtige Rolle zu. Urszula versprach nicht nur, uns Informationen über Jan III. zu besorgen, sondern bot uns darüber hinaus an, uns auf einer Recherchereise auf Jan Sobieskis Spuren durch Polen zu begleiten.

Das musste sie uns nicht zweimal sagen. Im regen Austausch von E-Mails entwickelten wir mit Urszula unsere Reiseroute, die uns jedoch rasch vor ein Problem stellte. Zwar hätten wir mit dem Wohnwagen fahren können, Urszula aber im Hotel unterbringen müssen. Doch natürlich wollten wir so viel Zeit wie möglich mit ihr verbringen, um von ihrem Wissen zu profitieren. Daher entschieden wir uns schweren Herzens, auf den Wohnwagen zu verzichten. Bei dieser Entscheidung half natürlich, dass wir allein in Polen sieben Städte aufsuchen mussten, um Jan Sobieski und damit auch unserem Roman gerecht zu werden. Die Buchung der Hotels überließen wir einer Dame in unserem örtlichen Reisebüro, die diese Aufgabe exzellent meisterte. Auch später hat sie für uns einige Reisen zu unserer großen Zufriedenheit organisiert, die uns in Weltgegenden brachten, die mit Wohnwagen nicht zu erreichen sind.

Nach längerer Vorbereitungszeit war es endlich so weit. Wir luden die Koffer in unser Beerchen, wie wir unser neues Auto aufgrund seiner Farbe „Blackberry" genannt hatten, und brachen auf. Mit Urszula hatten wir vereinbart, uns in Brzeg (Brieg) zu treffen. Für eine Tagesfahrt war uns die Strecke zu lang, und so legten wir einen ersten Halt in Görlitz ein. Dort hatten wir genug Zeit, uns in der Stadt umzuschauen und über die Neiße in den polnischen Teil hinüberzugehen, wo wir unsere ersten Zlotys eintauschten.

Am nächsten Tag zeigte sich, dass Elmar bei unserer Navi-CD das Kleingedruckte nicht gelesen hatte. Auf der Übersichtskarte war Polen ganz normal eingezeichnet. Ganz unten stand jedoch sehr klein, dass bei den osteuropäischen Staaten wie Polen, Tschechien und Slowenien nur die wichtigsten Straßen und Städte berücksichtigt seien. Um das vollständige Navigationssystem ausnützen zu können, müsse man sich die Navi-CD Osteuropa besorgen. Die hatten wir allerdings nicht, und so sah sich unser Navi schon in Brzeg nicht in der Lage, uns zu unserem Hotel zu navigieren.

Doch das Glück war uns hold, und Iny entdeckte ein Hinweisschild auf das Hotel, sodass wir es noch vor der mit Urszula verabredeten Zeit erreichten. Das gastfreundliche Haus war neu gebaut und befand sich am Rand eines Gewerbegebiets außerhalb der Stadt. Wären wir nach Brzeg hineingefahren, hätten wir wohl endlos suchen können.

Auf der schönen Hotelterrasse warteten wir voller Vorfreude auf Urszula, die uns keine Minute warten ließ und uns sofort die ersten Informationen über Jan Sobieski vorlegte. Außerdem berichtete sie, dass sie Kontakt zu Museumsdirektorinnen und -direktoren sowie zu einem Historiker aufgenommen und Treffen mit diesen Fachleuten vereinbart habe.

Abends gingen wir in die Detailplanung. Der Aufenthalt hier galt vor allem der Stadt Oława (Ohlau) und deren Schloss, das für eine gewisse Zeit der Aufenthaltsort von Jan Sobieskis Sohn Jakub war, der darauf verzichtet hatte, sich der Wahl zum polnischen König zu stellen, und daraufhin ins Exil hatte gehen müssen. In Oława gab es zudem die Grablege einer Linie der schlesischen Piasten, die Urszula uns ebenfalls zeigen wollte. Die dortigen Museen durften natürlich ebenfalls nicht fehlen, sodass wir ein strammes Programm vor uns hatten. Allerdings war Urszula eine exzellente Reiseleiterin und sorgte dafür, dass wir uns zwischendurch immer wieder ein wenig erholen konnten. Sie motivierte Iny, in Oława auf den hohen Rathausturm zu steigen, von dessen oberster Plattform man einen grandiosen Blick über die Stadt und Umgebung hatte. Ein Tee im Café belohnte Iny für diese Leistung. Nach einem ersten erfüllten Tag kehrten wir am Abend ins Hotel zurück – oder, besser gesagt, wir kreisten so lange, bis wir es fanden.

Für den weiteren Verlauf der Fahrt gab Urszula uns den Rat, in Städten immer auf Schilder mit den Begriffen „Rynek" und „Zamek" zu achten, wenn das Navi uns mal wieder im Stich lassen sollte. Rynek, „Markt", bedeutet Innenstadt, und „Zamek", Burg oder Schloss, führt eben zu diesem. Dieser Rat erwies sich in einigen Städten als sehr hilfreich.

Noch aber waren wir am Anfang unserer Reise. Die Manöverkritik beim Abendessen und anschließenden Schlaftrunk – für

Iny war es der unvermeidliche Tee – fiel sehr positiv aus, und wir richteten unsere Gedanken auf das nächste Ziel: Tarnowskie Góry (Tarnowitz). Dort würden wir zum ersten Mal auf Jan Sobieskis eigene Spuren treffen, denn dieser Ort war der Sammelplatz des polnischen Heeres gewesen, das nach Wien gezogen war und vom Kahlenberg aus die Türken besiegt hatte.

Die Fahrt war relativ kurz, und so schlug Urszula vor, einen Abstecher zum Schloss Moszna (Moschen) zu unternehmen. Hier erwartete uns ein wunderbarer Park mit herrlichen Rhododendren in voller Blüte. Das Schloss lag harmonisch in die Landschaft eingebettet und bot einen imponierenden Anblick. Auch wenn es nichts mit Jan Sobieski zu tun hatte, bereuten wir den Abstecher keine Sekunde. Zudem führte es eine ausgezeichnete Küche, und wir speisten in wahrlich feudalem Ambiente.

Das Schloss in Tarnowskie Góry war in liebevoller Arbeit restauriert worden. Das Hauptgebäude ist nun ein Museum und ein anderer Teil zu einem Hotel umgebaut worden, in dem wir Aufnahme fanden. Die Zimmer waren schön und sauber, allerdings wunderte sich Iny, als sie in unserem Zimmer eine Ameisenstraße entdeckte. Es dauerte eine Weile, bis wir herausfanden, dass das Leerrohr für die Elektroleitungen noch nicht abgedichtet war. Wir verstopften es von innen mit einem Papiertaschentuch und expedierten die bereits ins Zimmer eingedrungenen Ameisen durch das Fenster nach draußen, wobei Iny darauf drang, dass dies vorsichtig zu geschehen habe, damit den im Grunde wertvollen Tieren nichts geschah.

Am nächsten Vormittag stand das Museum im Schloss auf dem Programm, dessen Besuch sich allein seiner historischen Möbel, Rüstungen, Waffen und Bilder wegen lohnte. Eine Museumsangestellte erklärte uns die Exponate, Urszula übersetzte und Elmar fotografierte.

Nach dem Mittagessen ging es dann in die Innenstadt. Dort wurde es nach einer Stadtbesichtigung ernst. Urszula führte uns

*Modell des Schlosses von Tarnowskie Góry. Das Hauptgebäude beher-
bergt das Museum, im Hintergrund ist das Hotel zu sehen.*

nämlich in ein weiteres Museum. Dort führten wir zuerst ein
längeres Gespräch mit der Museumsdirektorin und anschließend
mit einem Historiker, der uns die Schwierigkeiten erklärte, mit
denen sich Jan Sobieski hatte herumschlagen müssen, um ein
kampfstarkes Heer nach Wien führen zu können. Urszula übersetzte mit Engelsgeduld, ihr Anteil an dem, was wir dort erfahren haben, können wir gar nicht hoch genug schätzen.

Da wir uns an dem Ort befanden, von dem das Heer aufgebrochen war, widmete sich dieses Museum ausführlich Jan III.
Sobieskis Feldzug nach Wien. Neben Rüstungen und Waffen aus
jener Zeit gab es eine große, plastische Karte des Anmarschwegs
des polnischen Heeres und sogar ein paar Stücke der Türkenbeute, die Jan III. nach Hause hatte schicken können. Etliche polnische Bücher über diesen Kriegszug gehörten ebenfalls zur Ausstellung. Auch hier las uns der Historiker interessante Passagen
vor. Man kann mit Fug und Recht sagen, dass dieser intensive

*Teil der wiederaufgebauten Stadtbefestigung von Warschau.*

Nachmittag uns bei unseren Recherchen für diesen Roman einen entscheidenden Schritt voranbrachte.

Gerne hätten wir hier länger verweilt. Da jedoch ein straffes Programm auf uns wartete, hieß es am nächsten Morgen weiterzufahren. Kein Polenbesuch ist vollständig, ohne Jasna Góra, das Kloster der Schwarzen Madonna von Częstochowa (Tschenstochau), zu besuchen, zumal Jan Sobieski hier vor seinem Abmarsch nach Wien einen Bittgottesdienst abhalten ließ, um die Gnade und Unterstützung der Mutter Jesu zu erlangen. Unser Hotel war so ausgewählt worden, dass wir zu Fuß zum Kloster gehen konnten. Hier erlebten wir ein Novum, wobei wir nicht wissen, ob es an Inys Doppelname lag oder schlicht so üblich war: Jedenfalls bekamen wir kein Doppelzimmer, sondern mussten mit Einzelzimmern vorliebnehmen. Selbst Urszulas Einsatz half da nichts.

Wer je die Gelegenheit bekommt, Jasna Góra besuchen zu können, sollte es tun, denn es ist einmalig. Allerdings waren wir nicht als Pilger dorthin gekommen, auch nicht als normale Touristen, sondern als Autoren, die eine Vorstellung davon erhaschen wollten, wie es dort gegen Ende des siebzehnten Jahrhunderts ausgesehen hatte. Dank Urszulas Hilfe gelang uns dies sehr gut. Sie übersetzte für uns, erklärte, welche Gebäude neueren Datums waren, und zeigte uns auch jene verstecken Plätze, an die selbst Pilger nur selten gelangen. Das Museum stellt ein Teil der Türkenbeute aus, die Jan Sobieski vor Wien gemacht hat, und war für uns natürlich ein Muss. Im Nachhinein hätte Elmar sich seine jetzige Kamera gewünscht, die sich besonders für Aufnahmen eignet, wenn man keinen Blitz verwenden darf. Doch auch so konnte er ein paar Bilder machen, die sich als Gedächtnisstütze eigneten.

Von Tschenstochau ging es weiter nach Warschau. Hier war der erste längere Aufenthalt geplant. Wichtig für uns war die restaurierte Altstadt, das Königliche Schloss mit seinem Museum sowie Schloss Wilanów, das Jan Sobieski vor der damaligen Stadtgrenze hatte erbauen lassen. Von unserem Hotel aus konnten wir Wilanów zu Fuß erreichen, eine direkte Buslinie führte ins Zentrum.

Beim Einchecken ergab sich eine kuriose Situation. So bekam Urszula ihr Zimmer im Hauptgebäude, während wir beide zweihundert Meter entfernt in einem Haus unterkamen, in dem die Hotelbetreiber mehrere Wohnungen aufgekauft und in Gästeräume umgewandelt hatten. Uns erwartete ein hübsches Zimmer mit einem Baderaum, der kaum kleiner war. In einer Ecke befand sich die Toilette, in einer anderen die Dusche, und der Clou war ein süßes, kleines Becken, nicht größer als Elmars aneinandergelegte Hände. Der Frühstücksraum war im Hauptgebäude, sodass wir, wie Iny spottete, schon vor dem Frühstück Frühsport machen mussten. Zudem war der Frühstücksraum fast vollständig in spanischer Hand. Die Iberer bewohnten das Hotel in Busladungsstärke und waren sehr fröhlich, was sie lautstark zum Ausdruck brachten.

Nach unserer Ankunft nutzten wir den Rest des Nachmittags, um nach Wilanów zu gehen und uns das Schloss erst einmal von außen anzusehen. Der wundervolle Park lud zum Spazieren ein. In dessen ruhiger Atmosphäre ließ es sich trefflich reden über Jan Sobieski, dessen in Polen nie heimisch gewordene Ehefrau Maria Kazimiera sowie die generellen Verhältnisse zu jener Zeit.

Am nächsten Tag fuhren wir mit dem Bus in die Altstadt. Bei der Gelegenheit wollte Elmar den schwindenden Vorrat an Zlotys auffrischen. Urszula hatte ihn bereits gewarnt, dass die eine oder andere Wechselstube recht flexible Sätze für den Umtausch ansetzen würde. Bei der ersten Wechselstube waren sie uns dann zu flexibel zugunsten des guten Mannes auf der anderen Seite der Theke. Urszula wusste jedoch Rat, und so fanden wir eine Wechselstube, deren Betreiberin einen akzeptablen Kurs bot. Anschließend ging es ins Schloss. Normalerweise werden die Besucher hier in Gruppen durchgeführt. Aber Urszula gelang es mithilfe ihres Presseausweises, einen individuellen Eintritt für uns zu bekommen, sodass niemand mit der Peitsche hinter uns stand und uns mit dem Ruf „Vite! Vite!" weitertrieb.

Wir verbrachten Stunden im Museum und beschränkten uns dabei nicht nur auf jene Bereiche, die sich um Jan Sobieski und die Schlacht am Kahlenberg drehen. Für uns ist immer auch der größere Rahmen wichtig, um uns in die Gegend, die Menschen und die Kultur einfühlen zu können. Schon bei der „Wanderhure" hat sich dies als positiv erwiesen. Obwohl Jan Hus nur einen kleinen Teil in jenem Roman einnahm, hatten wir uns damals intensiv mit ihm und den Folgen seiner Hinrichtung befasst und konnten mit diesem Wissen Marie bei der „Kastellanin" in die Hussitenkriege schicken.

Ein Spaziergang entlang der alten Wallanlagen rundete diesen Tag ab. Als wir danach in einem Restaurant mit wunderschönem Blick in die Gärten des Schlosses Wilanów beieinandersaßen, fragte uns Urszula leicht besorgt, ob wir denn mit unserer bisherigen Recherche zufrieden seien. Das konnten wir ohne jede Einschränkung bejahen. Ohne sie hätten wir weder in Tarnowski Góry mit den Museumsexperten noch mit dem Historiker sprechen können, und durch das Warschauer Königsschloss wären wir wie ganz gewöhnliche Touristen gehetzt worden.

Für den nächsten Tag hatten wir uns Schloss Wilanów vorgenommen. Da Jan Sobieski es hatte erbauen lassen, war es weitaus stärker auf ihn zugeschnitten als das Königsschloss. Das Museum war für uns wegen der vielen Bezüge zu Jan III. der interessanteste Teil dieses Aufenthalts.

Nach einem späten Mittagessen genossen wir noch einmal eine persönliche Stadtführung von Urszula. Ein Abendessen in einem stimmungsvollen Lokal beschloss unseren Aufenthalt in der polnischen Hauptstadt.

Von nun an wurde auch Urszula zur Touristin, denn die folgenden Reiseziele kannte sie ebenfalls noch nicht. So warnte sie uns im Vorfeld davor, dass wir östlich von Warschau mit deutlich schlechteren Straßenverhältnissen rechnen müssten, als wir es gewohnt seien. Doch während wir uns Lublin näherten, stellten wir fest, dass die Straßen weitaus besser waren, als Urszula es prophezeit hatte. Um die Mittagszeit entdeckte Iny das Werbeschild eines Restaurants und meldete Hungergefühle an. Auch Urszula und Elmar hatten nichts gegen eine kleine Mahlzeit. Daher bogen wir von Hauptstraße ab und erreichten nach einem guten Kilometer das Restaurant. Dort erklärte uns Urszula schmunzelnd, es heiße übersetzt „Elend". Doch wir meinten optimistisch, solange das Essen nicht elend sei, mache uns das nichts aus.

Um nicht zu schwer zu essen, bestellten wir lediglich je ein Tellerchen Suppe und ein paar Pirogen. Doch schon als die Suppe kam, fielen uns fast die Augen aus dem Kopf. Bei Inys Nudelsuppe hatte man wohl ein Pfund Nudeln in anderthalb Liter Wasser gekocht. Kaum anders war es bei der Sauren Suppe, die

Elmar und Urszula bestellt hatten. So waren wir schon nach dem Genuss der – ausgezeichneten – Suppen pappsatt. Und auch die Pirogen waren ebenso köstlich wie großzügig bemessen, sodass Elmar nach dem Zahlen meinte, er sei so kugelrund gefressen, dass man ihn bitte zum Auto rollen möge.

Erst kurz vor Lublin wurde ein Teil der Straße schlecht, doch schon nach wenigen hundert Metern war die Schlaglochpiste wieder zu Ende. Da Lublin im Roman keine besondere Rolle spielen sollte, reichte Urszulas Ansicht nach ein kurzer Aufenthalt, dann ging es bereits weiter.

Unser nächster Haltepunkt war Zamość, eine Stadt, die heute knapp vor der ukrainischen Grenze liegt. Im sechzehnten Jahrhundert von dem Magnaten Jan Zamoyski gegründet und von einem italienischen Architekten erbaut, weist sie in ihrem Zentrum mediterranes Flair auf. Unser Hotel lag im neuen Teil, war ebenfalls ein restauriertes Schloss und unserem Navi natürlich vollkommen unbekannt.

Nach einigen Irrfahrten entdeckte Urszula das etwas versteckt liegende Hotel, und wir konnten einchecken. Auch hier nächtigten wir feudal – und das bei moderaten Preisen. Nach unserer Ankunft statteten wir dem Zentrum eine erste Stippvisite ab und waren begeistert. Dort gab es eine Reihe ausgezeichneter Restaurants, und da die Suppen und die Pirogen vom Mittagessen halbwegs verdaut waren, passte auch wieder etwas in unsere Mägen.

Der nächste Tag beinhaltete ein ausgiebiges Besichtigungsprogramm einschließlich mehrerer Museen und Kirchen. Ins Auge fielen uns vor allem die farbenprächtigen Häuser der armenischen Kaufleute, die sich in Zamość angesiedelt und einen großen Anteil des Handels zwischen Polen und dem Osmanischen Reich abgewickelt hatten. Während unserer bisherigen Reise hatte sich in unseren Köpfen immer stärker der Ablauf des Romans geformt. Und so brauchte es hier in Zamość oft nur ein Stichwort, und schon sprudelte unsere Fantasie.

Da diese Region immer wieder unter Angriffen der Krimtataren und der Osmanen gelitten hatte, verfügte Zamość über für damalige Verhältnisse moderne Abwehranlagen, die es zu jener Zeit fast unmöglich machten, sie zu erobern. So verwundert es nicht, dass Zamość die letzte Stadt in Polen war, die August dem Starken nach seiner Wiedereinsetzung als König von Polen die Tore öffnen musste. Im Großen Nordischen Krieg hatte König Carl XII. von Schweden ihn abgesetzt und an seiner Stelle Stanisław Leszczyński vom Sejm zum König von Polen wählen lassen. Nach Carls Niederlage bei Poltawa sorgte der russische Zar Peter der Große dafür, dass August der Starke wieder zum König von Polen wurde.

Zamość war allerdings nicht nur eine Festungsstadt, sondern bot – im Stil der italienischen Renaissance errichtet – den Bewohnern, die es sich leisten konnten, ein angenehmes Leben. Der Gründer Jan Zamoyski war ein aufgeklärter Despot und Herr über viele Liegenschaften in Polen. Seine Nachfolger bekleideten höchste Ämter in Polen, doch bis zur Krone haben sie es anders als Jan Sobieski nicht geschafft.

Das Militärmuseum in der Festung bot uns viel Anschauungsmaterial über das Militärwesen jener Zeit. In der Hinsicht war es für uns noch ergiebiger als die Museen in Warschau. Urszula hatte sich im Vorfeld mit dessen Direktoren in Verbindung gesetzt, sodass wir auch hier Gesprächspartner fanden, die uns von Jan Sobieski berichten konnten. Einer der Herren bot uns sogar an, uns ohne Visum und „ähnliches Brimborium" über die Grenze in die Ukraine zu schmuggeln und nach Żółkiew (ukrainisch Schowkwa) zu fahren, dem Schloss, das zu jener Zeit Jan Sobieski gehört hatte.

Doch das wusste Urszula zu verhindern. Sie erklärte für ihre Verhältnisse erstaunlich rabiat, dass Żółkiew eine Ruine sei, die kaum mehr Rückschlüsse auf das ursprüngliche Aussehen zuließe. Stattdessen habe sie einen Aufenthalt in Łańcut geplant,

*Mit unserer polnischen Freundin und Begleiterin Urszula Pawlik im Hof der Universität von Krakau.*

dessen Schloss baugleich mit dem in Żółkiew sei. Auch sei es im Originalzustand restauriert worden und böte damit einen Eindruck, wie Żółkiew damals ausgesehen hatte. Da zudem unsere einzelnen Stationen fest gebucht waren, fehlte uns auch die Zeit für eine Fahrt in die Ukraine.

Um uns einen Eindruck der Landschaft im Grenzgebiet zu verschaffen, leitete Urszula uns auf dem Weg nach Łańcut über Landstraßen, bei denen sich unser Navi erneut als Totalausfall erwies. Elmar bog so auf gut Glück in eine ausgebaute Nebenstraße ein. Nach einem Kilometer wurde diese immer schmäler und ging kurz darauf in einen unbefestigten Feldweg über. Über den Fehlschlag grummelnd wendete Elmar und fuhr zurück. Plötzlich zeigte Urszula auf eine unauffällige Einfahrt und bat ihn, genau dort hineinzufahren.

„Ich will doch sehen, ob Schloss Sieniawa bereits restauriert wurde", sagte sie.

So war es tatsächlich! Sieniawa war zu einem ansprechenden Hotel umgebaut worden. Wir nützten die Gelegenheit, in dem angeschlossenen Restaurant zu essen, und durften das Schloss auf Urszulas Anfrage hin im Anschluss besichtigen. Es hat uns so gut gefallen, dass es ein gutes Jahr später Einzug in eine Kurzgeschichte fand, die wir für die im Knaur Verlag erschienene Anthologie „Sommerfunkeln" geschrieben haben.

In Łańcut nutzten wir die erste Gelegenheit zum Parken und checkten ein. Während Urszula und Iny die Zimmer bezogen, musste Elmar auf Anweisung des Rezeptionisten den Wagen holen und auf einem Platz direkt vor dem Fenster des Nachtportiers abstellen, damit dieser unseren Kleinbus im Auge behalten konnte. Anschließend wanderten wir zum Schloss, sahen es uns von außen an und bewunderten den schönen Park mit seinen uralten Bäumen. Nach dem Abendessen saßen wir noch eine Weile zusammen und sprachen über den bisherigen Verlauf der Reise, aus der sich eine lebhafte und kreative Diskussion über unseren Roman entwickelte.

Als wir am nächsten Morgen das Schloss von Łańcut mit seinem herausragenden Museum besichtigten, erwies sich Urszulas Bekanntheit als Radio- und Fernsehmoderatorin für Literatur in Polen erneut als hilfreich. Kaum hatte die Dame an der Kasse sie erkannt, durften wir uns abseits der Touristenpfade bewegen und mussten uns keiner Besuchergruppe anschließen. Urszula wies uns auf die Ähnlichkeiten zum Sobieski-Schloss in Żółkiew hin, das in unserem Roman eine kleine Rolle spielt.

Nach dem Museumsbesuch und dem Mittagessen war unsere Zeit in Łańcut auch schon wieder vorbei, und wir brachen zu unserem letzten Ziel in Polen auf, der früheren Königsstadt Krakau, das wir bereits am frühen Abend erreichten. Unser Hotel war nicht allzu groß, aber für unsere Zwecke bestens geeignet. Dazu verfügte es über einen abgesperrten Parkplatz, auf dem sich unser braves Beerchen die nächsten zwei Tage ausruhen konnte.

Die wunderschöne, laue Sommernacht lud förmlich dazu ein, durch die Innenstadt zu schlendern, irgendwo zu essen und eine Kleinigkeit zu trinken. Krakau hatte zudem für uns den Vorteil, dass wir bereits drei Jahre zuvor bei der hiesigen Buchmesse gewesen waren und Urszula uns die wichtigsten Sehenswürdigkeiten und Museen gezeigt hatte. Allerdings kannten wir den Wawel noch nicht und hatten dessen Besichtigung für den nächsten Tag eingeplant. An diesem Abend jedoch genossen wir es einfach, ohne Besichtigungsdruck mit Urszula zusammensitzen zu können, und lauschten ihren munteren Erzählungen. So erzählte sie von ihrem Esel, der in einem Reitstall untergebracht und ein Meister darin ist auszurücken. Außerdem weist er eine große Vorliebe für Gebackenes auf, die nicht nur den Bäcker des Ortes zu Wutausbrüchen treibt, sondern auch immer wieder ein ordentliches Loch in Urszulas Börse reißt.

Am nächsten Tag begaben wir uns wieder auf die Spur von Jan Sobieski und gingen zum Wawel, dem alten Königsschloss von Krakau, das auch Grablege der polnischen Könige ist. Während unserer gesamten Polenreise hatten wir nie so viele Menschen auf einem Haufen gesehen wie an diesem Ort. Geduldig warteten wir etwas abseits mit Blick auf die goldene Kuppel der Kapelle. Urszula nutzte die Zeit, um uns zu berichten, dass diese zu Beginn des Zweiten Weltkriegs bei dem erwarteten Einmarsch der deutschen Truppen in aller Eile mit Teer überstrichen worden war, um sie zu verstecken. Den deutschen Offizieren, die das Gold der Kuppel beschlagnahmen wollten, wurde erklärt, diese sei bereits abgebaut worden und nur die mit Teer bedeckte Grundlage zurückgeblieben. Ob die Geschichte stimmt oder nicht, können wir nicht sagen. Vorstellen können wir es uns allerdings.

Wir blieben bis zum Abend im Wawel und aßen zu Mittag nur eine Kleinigkeit. Als wir uns dann hungrig auf die Suche nach einer Futterquelle für das Abendessen machten, mussten wir feststellen, dass alle Restaurants brechend voll waren. So sehr Urszula sich auch bemühte, nirgends gab es drei freie Plätze. Enttäuscht kehrten wir ins Hotel zurück und fragten dort, wo wir essen könnten. Der Rezeptionist riet uns, nach Kazimierz, in das alte jüdische Viertel zu gehen. Dort, so meinte er, würden wir sicher etwas bekommen.

Tatsächlich fanden wir ein schnuckliges Lokal mit einem freien Tisch. Der Kellner trat zu uns und nahm unsere umfangreiche Essensbestellung entgegen. Außerdem wollte jeder etwas anderes zu trinken. Elmar freute sich auf ein exotisches polnisches Bier, Iny wählte zu ihrem Tee auch eine Fruchtschorle, und Urszula wollte zusätzlich noch Tabasco haben. Der junge Mann zückte weder einen Block noch tippte er irgendetwas ein. Daraufhin sahen wir mit gelindem Misstrauen hinter ihm her und fragten uns, was er wohl verwechseln oder gleich ganz vergessen würde. Doch zu unserer Verblüffung bekamen wir alles exakt so, wie wir

*Stadttor Barbakan in Krakau.*

es bestellt hatten. Dieser Ober musste tatsächlich ein Gedächtnis wie ein Elefant haben.

Am nächsten Vormittag ging es wieder zum Wawel, und diesmal half alles Zögern nichts, wir mussten uns in den heftigsten Trubel stürzen, um vor allem die Königliche Basilika und Erzkathedrale der Heiligen Stanislaus und Wenzeslaus (Bazylika archikatedralna św. Stanisława i św. Wacława) zu besichtigen. Als Iny das Gedränge darin zu viel wurde, kapitulierte sie und entfleuchte durch die dicht beieinanderstehenden Besucher nach draußen. Elmar biss die Zähne zusammen und stemmte sich dort, wo er länger verweilen wollte, gegen den Strom. Dank Urszulas tatkräftiger Unterstützung gelang ihm das auch.

Zur Mittagsstunde war er erlöst, und wir strebten der Innenstadt zu, wo wir uns auf der Freifläche eines hübschen Cafés ausruhten, während wir den Passanten und den Kutschen zusahen, die zu Stadtrundfahrten einluden. Die Pferde waren etwas mehr aufgehübscht als ihre Artgenossen vor den Fiakern in Wien, und neben jedem Kutscher saß eine attraktive Frau in einem Kostüm des späten neunzehnten Jahrhunderts. Laut Urszula waren es Studentinnen, die den Mitfahrenden in der jeweiligen Muttersprache die Stadt erklärten.

Gerne wären wir länger in dieser sympathischen, lebendigen Stadt geblieben. Doch Urszula hatte sich die zwei Wochen mit uns mühsam freigehalten und musste nun wieder ihrem Hauptberuf nachgehen, während unser Weg weiter nach Wien führte, um auch dort Jan Sobieskis Spuren zu folgen. Das letzte gemeinsame Abendessen genossen wir im selben Lokal wie am Abend zuvor. Es schmeckte ebenso gut, und die junge Kellnerin, die diesmal bediente, schrieb sich die Bestellung auf, sodass es auch diesmal zu keinen Fehlern kam.

Wir konnten den traurigen Abschied von Urszula noch ein wenig hinauszögern, indem wir sie am nächsten Tag nach Kattowitz brachten, wo auch der Verlag beheimatet ist, der die polnischen

Ausgaben unserer Romane veröffentlicht. Gemeinsam mit Urszula und unserer dortigen Verlegerin Sonia Draga aßen wir noch zu Mittag, dann hieß es wirklich Abschied nehmen.

Die Fahrt nach Wien war für uns ähnlich beschwerlich wie damals für unsere Romanhelden Johanna und Karl. Bereits in Kattowitz gerieten wir in einen ersten Stau, und auf der Fahrt durch Tschechien erging es uns kaum besser. So war es fast Mitternacht, als wir endlich in Wien eintrafen und im Hotel einchecken konnten. Vor uns lagen noch die Recherchen im Heeresgeschichtlichen Museum, der Besuch des Kahlenbergs, der Hofburg und vieler anderer Museen. Doch uns wurde schmerzhaft bewusst, wie sehr uns Urszula und ihre muntere Art zu erzählen fehlte.

Dennoch brachten wir unsere Recherchen mit Anstand zu Ende, und als wir nach Hause kamen, stand der Roman in seinen Grundzügen. Bald darauf setzte sich Elmar an die Rohschrift – wobei er immer wieder an Urszula dachte. Iny ging es später bei der Feinarbeit nicht anders. Und eines ist gewiss: Ohne sie und ihre unermüdliche Unterstützung hätten wir diesen Roman niemals schreiben können.

# Schlussbemerkung

Dies war ein Überblick über einen Teil unserer Reisen, die entweder zu Romanen führten oder gezielt für die Recherche angetreten wurden. Darüber hinaus haben wir mit Irland, Zypern, Island, Apulien, Tahiti, Israel, Jordanien, England, Schottland und Wales, Spanien, Portugal und Marokko noch viele andere interessante Teile dieser Welt besucht – und nicht wenige dieser Länder finden sich in unseren Romanen wieder. Einige davon sind bereits erschienen, andere werden erscheinen, und es wird auch noch weitere Reisen geben. Wohin diese uns führen werden, muss die Zukunft zeigen.

Für uns war und ist es jedenfalls ein unglaubliches Privileg, unsere Leidenschaft und unsere Freude am Reisen auf diese Weise vereinen zu können. Dafür sind wir sehr dankbar. Auch wenn wir seit etwa zwanzig Jahren keine Reise mehr angetreten haben, die nichts mit unseren Romanen zu tun hatte, so genießen wir es immer noch wie zu unseren Anfangszeiten, den Wohnwagen zu packen und loszufahren. Eine Woche, nachdem wir diese Zeilen geschrieben haben, wird dies wieder der Fall sein, und auch für nächstes Jahr stehen bereits die ersten Ziele fest.

Iny Klocke und Elmar Wohlrath
alias Iny Lorentz
im Juni 2019

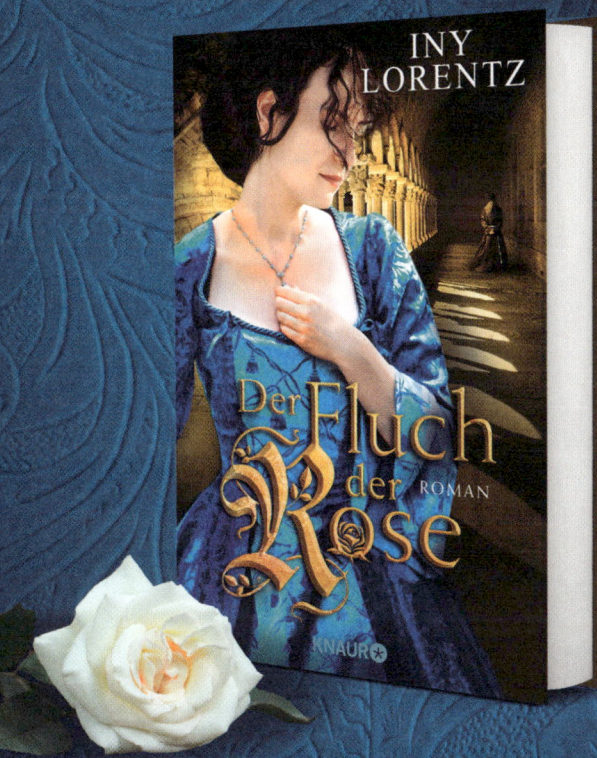

# Dramatisch, episch, abenteuerlich

**INY LORENTZ**

Der Fluch der Rose

ROMAN

KNAUR

ISBN 978-3-426-65387-6 | 688 Seiten | € [D] 19,99

## DAS SCHICKSAL ZWEIER LIEBENDEN IM KRIEG ZWISCHEN KÖNIG MAXIMILIAN UND VENEDIG

oemer-knaur.de

KNAUR

Impressum © 2019 GRÄFE UND UNZER VERLAG GmbH, München
HOLIDAY ist eine eingetragene Marke der GANSKE VERLAGS-
GRUPPE.
1. Auflage 2019
ISBN 978-3-8342-3029-4

Redaktion: Wilhelm Klemm
Lektorat: Regine Weisbrod
Bildredaktion: Marie Danner
Layout und Umschlaggestaltung: independent Medien-Design,
Horst Moser, München
Karte (Umschlag vorne innen): Jakob Weyde, House of Creatures
Herstellung: Martina Koralewska
Satz und Repro: Longo AG, Bozen
Druck und Bindung: Drukarnia Dimograf Sp.zo.o. (Polen)

B2B-Editionen schneidern wir nach Ihren Wünschen.
Bei Interesse: Gabriella.Hoffmann@graefe-und-unzer.de
GRÄFE UND UNZER VERLAG
Postfach 86 03 66
81630 München
Tel. 0 89/41 98 19 00
holiday@graefe-und-unzer.de
www.holiday-reisebuecher.de

Liebe Leserinnen und Leser, hat Ihnen unser Buch gefallen? Falls ja,
freuen wir uns, wenn Sie es weiterempfehlen – Ihren Freunden, Verwandten, Kollegen, Nachbarn, dem Buchhändler Ihres Vertrauens und
allen, die auf der Suche nach einem Reisebuch-Tipp sind, zum Beispiel
bei Online-Händlern. Wenn Sie Kritik oder Korrekturen haben, schreiben Sie uns gerne an leserservice@graefe-und-unzer.de – und natürlich
auch, wenn Sie uns Ihr Lob auf direktem Weg zukommen lassen möch-
ten. Sie erreichen uns auch telefonisch unter Tel. 0 800/72 37 33 33
(gebührenfrei in D, A, CH), Mo–Do 9–17 Uhr, Fr 9–16 Uhr.
Ihre HOLIDAY-Redaktion